遇見最好的妳。

When I Meet You

——丁凌凜 著

Contents

目次

第一章 妳翩然出現，在我最寂寞的華年 005
第二章 活著就是要面對失去 046
第三章 在你心裡我是誰？ 087
第四章 那些被深深埋藏的 122
第五章 曾經丟掉的青春 155
第六章 寂寞炸彈 189
第七章 思念的解藥 216
番外 分開之後的他 253
後記 261

第一章　妳翩然出現，在我最寂寞的華年

今天午後依舊熾熱，天空有點陰，馬路上有人用報紙往臉上搧風，也有人提著傘，不是為了遮擋陽光，而是聽說鋒面即將來襲，也許這要下不下的午後雷陣雨馬上就會以滂沱的趨勢降臨。

位在鬧區辦公大樓一樓的咖啡廳，門口來了個攤販在賣傘，趙晴晴想到上次颱大風把她那把便宜的傘吹壞了，便從店裡走出來，和對方討價還價買了兩把傘。賣傘的老闆一開始不願意減一百元給她，畢竟他做小本生意的，折了一百元是大傷，偏偏趙晴晴不死心，好說歹說。最後老闆看在她是咖啡廳裡的員工，心想為了將來還能順利在這裡擺攤，便心一橫答應減價賣她。

趙晴晴拿著兩把傘回店裡，將一把粉紅色小碎花的傘交給另一個櫃檯，沈淨。

「我就知道派妳去準沒錯！」沈淨將一百元交給趙晴晴，開心地把傘收進自己放在櫃檯下方的包裡。

「後來我跟他說，以後可以繼續在門口擺攤，他就同意了。」趙晴晴看向門

口站著吃便當的攤販老闆，他身上是洗到變成灰色的汗衫，邊吃飯邊用脖子上的毛巾擦拭頭上如雨的汗水，在炎熱的天氣裡做生意著實辛苦。其實她也不想殺價的，可現在已經到月底，她和沈淨微薄的薪水捉襟見肘，她們也是辛苦人，殺價買東西便成為她們的習慣。

「唉！錢包裡只剩兩百塊了，還有兩天要過……妳呢？」

「差不多吧！」趙晴晴想想自己乾癟的錢包回答。

「欸！我朋友說晚上在歡唱吧有個局，要不要一起去？」沈淨將自己的手機塞回口袋。

「妳知道我不喜歡去那裡。」趙晴晴拿了抹布開始擦桌子，今天店裡的生意不太好。

「妳就當作是去白吃白喝一頓嘛！有人請客！」

「算了吧！我寧願回家洗澡吃泡麵。」

「那我自己去嘍？」

趙晴晴點頭，眼睛邊看著外頭，剛剛似乎打雷了。

「對了！我跟妳說，昨天我顧店的時候來了一個大帥哥喔！」沈淨像是想到什麼，非常興奮地說。

趙晴晴意興闌珊，連看都沒看她一眼。她和沈淨的審美觀非常不同，而且現在連肚子都快吃不飽了，她對男人一點興趣也沒有。不是有句話說，人類要先解決生理上的餓，才有餘裕解決心理上的渴嗎？

「我說了妳別不信！真的很帥！我猜他是樓上的！」

趙晴晴敷衍地點了點頭，把抹布拿去洗，洗到一半的時候外頭突然傳來沈淨刻意壓低的興奮氣音。

「妳快出來看！他來了！」沈淨朝著廚房說完，拿了菜單就跑。

趙晴晴晾完抹布擦了擦手，才走出來，站在櫃檯裡抬眼朝沈淨的方向看。

男人坐在正前方的位子上，沈淨的身體擋住他半邊臉，可那半邊臉趙晴晴看得很清楚，是她一輩子也忘不掉、曾經讓她魂牽夢縈的半張臉，她屏住呼吸，身體像是灌了水泥，動也動不了。

是他。

即使黑T恤換成襯衫和西裝外套，小平頭換成設計過的短髮，她還是一眼就能認出他——周邑。

趙晴晴趕緊低頭裝忙，最好可以躲進廚房裡。正當她這麼想的時候，沈淨拿著菜單過來，笑著對趙晴晴說：「那個帥哥說他剛到樓上的公司上班！」

趙晴晴臉色蒼白，沒接話。

沈淨正覺得她奇怪，突然門口的風鈴聲響了起來，沈淨抬頭一看，「老闆！」

趙晴晴聽了，也緊張得抬頭打招呼。

「是誰允許那攤販在門口做生意的？把他趕走！」

沈淨用肘子頂了頂趙晴晴，趙晴晴還是低著頭不說話，她怕聲響太大，被周邑發現她的存在。

沈淨只好回答：「好。」

「快去啊！還愣在那裡幹麼！」老闆不耐煩道。

沈淨將點餐單交給趙晴晴，讓趙晴晴拿去廚房給內場，打算自己出去說，可趙晴晴突然抓住沈淨，小聲對她說：「我去說吧！妳去準備。」

趙晴晴垂著頭走出去，看起來十分萎靡，背對著店門口不知道和攤販說了些什麼，突然那攤販不高興，聲調越來越大聲。

趙晴晴彎腰向他鞠了個躬，羞赧地從口袋裡掏出一百元還給他，那攤販罵罵咧咧地收拾東西，怪趙晴晴不守信用。趙晴晴低著頭走進來卻被一雙腳擋住了去路。她很緊張，因為那雙晶亮的皮鞋不是沈淨的，也不是老闆的。

她遲遲不肯抬頭，打算繞開。

他卻在她的身後開口：「趙晴晴，好久不見。」他的聲音變了，比以前更低、更成熟，有一種吸引人傾聽的磁性。

趙晴晴停下腳步，一時之間不知道該不該回頭。她抿了抿嘴，深吸一口氣，轉過頭時笑得眼睛都彎了。

「嗨！」

從她彎彎的眼縫裡，她看見了周邑那張沒有留下歲月痕跡的臉，突然之間，她覺得自己好像回到了將滿十六歲，那個遇見他的夏天，周邑汗溼黝黑的臉龐泛起青春洋溢的笑臉。

不過他現在白了，臉上也沒了笑容，趙晴晴覺得自己的笑臉很尷尬，僵硬地把笑收回去。

「妳在這裡工作嗎？」

「對。」她想趕快結束談話，老闆正有意無意地朝她這邊看。

「我最近剛到樓上的公司上班，沒想到會再遇見妳。」

「嗯！對啊！好巧喔！你慢用嘍！我去忙！」

趙晴晴落荒而逃。她從沒想過會在這裡與他相遇，現在的她身上穿著店裡的制服，黑色 POLO 衫和刷白破洞的寬大牛仔褲，皮帶今天早上斷了，腰間鬆垮垮的，一點精神也沒有，是她以前最討厭的裝扮。

她心想，今天真是不幸運的一天，就像十年前遇到他的那天一樣……

高一的運動會，趙晴晴穿著全新的耐吉運動套裝配上純白的限量球鞋，卻因為早晨突然下了一場滂沱大雨，將校前廣場淹成了一個大水池。

趙晴晴在心裡咒罵，看了看腳下的白球鞋，無法跨出艱難的腳步。她沿著面積廣大的積水繞啊繞，想找一個能跨越的地方，可偏偏就是沒有。

她到校得晚，大家都已經往操場去了。有個人從她旁邊踩著積水過去，灰黑的球鞋上沾著汙泥、又踏著水繞了回來，那雙屬於男生的大腳停在她眼前，她抬頭，那是一張晒得黝黑的臉，大大的笑容，潔白整齊的牙齒。

「妳不過去嗎？」他說。

趙晴晴搖頭，比了比自己的新鞋，「我怕弄髒鞋。」

男孩看了看她的新鞋，「沒想到這次積水這麼嚴重，不然妳脫了鞋子，進教室再去洗腳？」

趙晴晴還是搖頭，想到就覺得髒，她有潔癖。

「要我幫妳嗎？」

她遲疑地點頭。

「那我背妳過去吧？」他說得很輕鬆，就像是日行一善那樣。

她瞪大雙眼，心想他在開什麼玩笑？四周又一個人也沒有，她實在不想新鞋子還沒被同學讚歎到就要弄髒了，便抬起腳，小心翼翼地走往積水廣場的最邊緣去。他跟在旁邊，不知道她想做什麼。

終於，她在一處偏僻的地方停下，抬眼看他，「就這裡吧！」

男孩蹲在泥濘的地上，半曲膝，彎著腰等她。

趙晴晴左右張望確定周圍沒人，用極其不自然的姿勢將一條腿勾上他的手臂，再慢慢攀上去。趙晴晴營養好，身體早已經發育完全，男女授受不親，她直挺著上半身避免不必要的碰觸。

男孩很輕鬆地將她托起，幾步路的距離，他們越過那片水窪後，他輕輕將她放下。趙晴晴向他說了聲謝謝，突然聞到他身上的肥皂香，她知道那和學校洗手臺的肥皂是同一款，便宜、味道很人工。她沒多說什麼，朝他揮了揮手跑了。

後來在跑兩百公尺短跑的時候，趙晴晴在人群裡看到他，他似乎人緣不錯，班上的同學都到場邊幫他加油，聲嘶力竭、群情激動，他也不負眾望跑了第一名。聽場邊的人喊他周邑，她才知道學校有這麼一個人，不過，畢竟班級隔得很遠，趙晴晴沒把他放在心上，即使他幫過她。

趙晴晴的思緒飄了回來，周邑已經將餐點吃得差不多了，他們再也沒有交集，她也不敢再抬頭看他，隨便找了個理由就躲進廚房裡。

再出來的時候他已經走了。

沈淨將桌子整理好，殘羹倒進廚餘桶裡，一邊眼冒愛心地說：「是不是很帥？」

趙晴晴沒有答話。

他很適合穿西裝，人高大又修長，肩膀寬且平，身體精瘦卻不單薄，十足十衣架子，西裝將他襯托得……英姿煥發。以前他和這個成語是搭不上邊的，那時候的他皮膚黑，留著平頭，不愛說話的樣子，看起來就是土。

趙晴晴突然回神，發現自己竟然又在想他，努力將他驅逐出自己的腦袋。

「妳是不是說晚上有個局？」

沈淨點頭。

「我跟妳去。」

沈淨有件自然高興，不過她看了看趙晴晴的打扮，跟她約換了班，讓她先回家換套衣服，之後兩人約在歡唱吧門口見。

換班之後趙晴晴算準時間離店，正好趕上回家的公車，刷了卡上去。

下班時間人潮擁擠，四處張望沒看見位子，便擠在公車的最前面，身體隨著馬路上的坑洞搖搖晃晃，她兩隻腳微張開，穩住身體，一隻手抱住杆子，想起了自己第一次搭公車的情景。

那時候是高三下學期，家裡的車子賣了，她自己搭公車上學，卻不知道要投多少錢，眼看其他人紛紛刷了卡上車，她只好困窘地詢問司機。那司機看都沒看她一眼，報了一個數，趙晴晴翻找塞滿雜物的小錢包，還差三元，司機也不等她就開了車，她沒穩住身體，整個人飛了出去，一頭撞在車前玻璃上。

嘈雜的公車頓時安靜下來，所有人瞠大眼看著她，當時她穿著膝上五公分的裙子，整片翻起來，春光乍現。她狼狽地從地上爬起來，攏住裙子，尷尬地叫司機讓她在下一站下車。

司機也沒管她到底有沒有投錢，到下一站打開車門，趙晴晴誰也不敢看，飛也似地逃走了。

從此以後她發誓再也不穿裙子，再之後她才知道要辦公車卡，可以儲值。公車停下，她抬眼看是自己的站，趕緊下車，看了看手機上的時間，有點趕，便提起腳步跑了起來。

回到自己的頂樓加蓋雅房，匆匆換了件乾淨的黑色T恤和卡其短褲便狂奔出門，急著趕下一班公車。

到了歡唱吧門口，沈淨已經在那裡對她招手。趙晴晴走了過去，幾個男人包圍著穿著粉色短裙的沈淨，也和她打招呼。

一行人全到齊之後才進去，大家三三兩兩地坐在一起點餐。一開始沈淨是和趙晴晴坐在一起，但時間一久，她就坐過去和其他人聊起來。

趙晴晴當然知道這算是一場聯誼，可她總跨不出那一步，最後是一個戴著粗框眼鏡的矮胖男子主動坐在她旁邊，唱了一首英文歌之後才和她搭話。

他問趙晴晴知不知道這首歌，她搖頭。那男人很得意地向她介紹，這是〈Memory〉，音樂劇《貓》的一首曲子。他滔滔不絕地說，去年底有外國的劇團來國內演出，他花好幾千元才買到一張票……

其實趙晴晴知道這首歌，也知道這齣音樂劇，因為曾有一個人說過他喜歡這齣劇，也喜歡這首歌。當時她還買了專輯送他，他不肯收，是她硬塞的。

很明顯，粗框眼鏡男對她有意思，可她沒有。他問她答，像是身家調查一樣。趙晴晴知道像他們這種年紀的單身男女要談感情，就比學生時代現實多了，家庭背景、月薪、有無不良嗜好，都是參考的標準。

他問她現在是跟家人住還是搬出來住，她老實回答自己在外面租房子。他又問她有沒有兄弟姐妹？趙晴晴有問有答地說自己是獨生女。

那男人一聽，沉思一下，先入為主地說：「那妳以後會很辛苦。」

趙晴晴皺眉。

被問到在哪裡高就時，趙晴晴老實地說自己在咖啡廳上班，那時他還沒什麼異狀，可當他問到哪裡畢業，可以幫她介紹工作時，趙晴晴原本就冷的臉僵了一下，慢慢地吐出：「X高。」

那男人頓了頓，大概是嚇一跳。趙晴晴看起來比跟她一起來的沈靜有書卷氣多了，她安靜坐在那裡就散發出一種優雅的氣質。他剛剛還在猜測她應該是個高知識分子。在這個社會，尤其這個都市，高中畢業沒有升學的不是多數。

他正想問她為什麼沒有繼續升學，想一想又覺得自己多管閒事。

看她長得清新脫俗，不打扮也勝過路上一票女人，怎麼這麼可惜呢？他敷衍地再和她寒暄幾句便離座，去找其他人攀談。

就這樣，趙晴晴坐了幾次冷板凳，心想反正吃也吃飽了，就拎著包，到沈淨旁邊說了聲，不顧她反對就頭也不回地走了。

她手裡提著包包，在大街上遊蕩，想到剛剛那男人說的話，心裡不太舒坦。怎麼大家都覺得獨生女的未來就是很辛苦呢？她的父母都走了，她一人能吃飽就好，哪來的辛苦……再苦再累的時光早就過去了……

醞釀一整天的雨終於在此時以滂沱之勢落下，趙晴晴撐起下午買的那把傘慢慢踱步到公車站，恰巧來了一班車，剛刷了卡找到位子坐下，手機就響了。她打開手機看，是沈淨傳來的，責怪她不夠義氣。她將手機收進口袋裡，看到前方站著一位頭髮花白的老太太，雙手提著東西，卻沒人要讓位給她。趙晴晴立刻站起來，對老太太招了招手，將自己的座位讓給她。

老太太笑著點了點頭，把自己安頓好後想主動幫趙晴晴提包，趙晴晴搖頭說自己快到站了，就往公車前面走去。

她下了車，走到附近的便利商店，用僅剩的錢買了兩罐最便宜的啤酒，就坐在店裡的座位上，隨興打開啤酒灌下一大口。看著玻璃上映出一個短髮的蒼白女人，她想起中午遇見周邑。他記憶中的她，應該是長髮及腰的吧？

那個時候的她，喜歡用一條搭配制服的深藍色髮帶將長髮紮成馬尾，而他總喜歡在獨處的時候用食指和中指順過她的一束頭髮，然後笑著問她用的是哪牌的洗髮精，這麼滑順。

如今她剪去過去寶貝的一頭長髮，不知道他是不是很驚訝？看到穿著打扮這麼樸素的她，他是不是覺得很不像她？一股自我厭惡的負面情緒油然而生。

太多令人煩躁的想法從腦中掠過，她不斷將啤酒灌進喉嚨裡，味道苦澀，卻能讓她暫時麻痺。今天的她覺得難堪，她討厭這種感覺，一切都是周邑帶來的，她不安地想。

為什麼就這麼巧？這個城市這麼大，怎麼偏偏他就在樓上上班呢？往後還會再遇見的吧？她焦躁地拉開第二罐啤酒，牛飲。那些幼稚又無知的青春歲月因為周邑的出現翩然浮現出來，搞得她心煩意亂。

其實她本該和周邑一點交集都沒有的，都怪那個傍晚，她剛補完習，在補習班門口遇見周邑，他在幫一位老太太往破三輪車裡堆廢紙箱，身上還穿著他們學校的校服，太顯眼。

他認真做事，並沒有注意到其他人的視線。

她聽見旁邊的同學說，那是他奶奶。他的家境清寒，要靠奶奶撿破爛貼補家用。

趙晴晴從來不曾真正遇見過像周邑這樣刻苦的人，她的父母總是刻意為她篩選朋友，讓她和一些他們認為對孩子有益的人來往。她在班上也許有一些生活層級與她相差甚遠的同學，但他們自然不會相處到一起。

親眼看到這個畫面，尤其還是自己的同學，趙晴晴是震驚的，她心裡覺得難過，原來身邊有人正辛苦過日子，為了三塊五塊的小錢奔波。

後來有一次家裡大掃除，趙晴晴想到了周邑，便向媽媽要來了用不著的紙箱。過幾天她又在補習班門口遇見周邑祖孫倆，她鼓起勇氣朝他走過去。

「你們需要紙箱嗎？」她的聲音很小，趁著同學都走光了，她才敢過來。

那時的周邑額頭上全是汗，校服也溼了緊貼著身體，雖然五官長得算是好看，可身上黏糊糊的樣子，讓她想退避三舍，但看在他曾經幫過她的份上，她還是忍耐著。

兩人朝她看過來，趙晴晴不知道他到底有沒有認出她，周邑沉默地看著她，點了點頭。

趙晴晴對他說：「星期六早上十點你們來拿吧！我準時放在門口，就是萬發牛肉麵店的對面！」

周邑愣愣地點了點頭，還來不及說謝謝，趙晴晴就跑走了，只留給他一個背影，那長長甩動的馬尾。

其實周邑知道趙晴晴，而且不是起始於運動會那天。

一年級的男生總在傳他們那屆有個女生長得特別出眾，很多男生都想追她，可是她一個也看不上，就連傳過去的情書也一概拒收。趙晴晴是一年級的學生幹部，將來要負責擔任學校活動的司儀，經常跟著二年級的學姐一起站在司令臺旁見習，她長髮飄飄，又穿著合身的及膝校裙，總能引起臺下一票男孩子的目光。

他就是這麼認識趙晴晴的，一個一年級的班花。

週末，他如期去了趙晴晴說的地點取紙箱的時候，並沒有遇到她，不過他聽見一陣悠揚的鋼琴聲自民宅流瀉而出，他猜想是不是趙晴晴彈的？彈得真好，後來琴聲斷斷續續，聽得出來她反覆練習某段，似乎覺得不好。他駐足聽了一會，才將紙箱全數整理好塞進奶奶的三輪車裡。

往後他經過那棟屋前帶小院子的房子，總會不由自主地多留意兩眼，心裡有一點期待，他也不知道為什麼。

後來，他班上一個同是學生會幹部的男孩子，不知道怎麼偷到趙晴晴和一個女同學的交換日記，竟然就拿著在班上傳閱。周邑聽說是他和趙晴晴告白失敗，還被一陣羞辱之後心生怨念，一氣之下偷的。

不只男孩子，甚至女孩子也加入傳閱。那交換日記裡有趙晴晴抱怨追求者太多的內容，還罵了幾個高年級的男孩長得拐瓜劣棗還敢來追她，甚至還有她罵數學老師給他取難聽綽號的幾篇日記。一開始僅止於他們班上，後來傳開了，開始有隔壁班的學生也跑過來看，一邊討論原來人美不一定心美，長得這麼漂亮，心卻是醜陋的，看她平時嬌聲嬌氣、低眉順目的樣子全是裝的。

那本交換日記在二年級之間傳來傳去，興許是正義感使然，也或許是趙晴晴幫過他，周邑在事情還沒鬧到老師那之前，以觀看為由借走了那本日記，然後立刻還給了趙晴晴。

趙晴晴看到那本日記的時候，瞬間漲紅了臉，然後惱羞成怒，從他手中搶過那本日記，恨恨瞪視他。

周邑看她發怒的樣子，結結巴巴地把事情從頭到尾解釋了一遍，才讓趙晴晴相信他，並且鄭重道謝。

他原以為她會哭哭啼啼地煩惱日記被人看見，不知道該怎麼辦才好。可她收了日記就回去自己班上，雖然臉上怒氣難平，卻若有所思不知道在想些什麼。

後來周邑才知道，她去學生會找偷日記的男同學，把他從頭至尾狠狠怒罵了一頓才罷休。

交換日記迅速回到趙晴晴手裡，周邑的同班同學循著傳閱順序猜也猜到是周邑還回去的，從此他成為班上同學的目標，時不時就要捉弄他、找他麻煩。

周邑原本是班上的邊緣人，只有在體育競賽的時候班上會毫無異議地派他出賽，為他喝采。現在突然變成捉弄的焦點他也不在意，只是默默承受著。

後來趙晴晴在擔任見習司儀時，聽到二年級的學姐談到周邑。這個名字她已經不陌生了，她聽說他被欺負心裡十分生氣，而且覺得有大半原因是因她而起的，就更覺得自己有責任要保護他。

某天他們在校園偶遇的時候，她對他使了個眼色，一開始周邑還以為她是眼睛痛，後來趙晴晴臉色很差地瞪著他，他才知道是找他。

兩人去了校園僻靜的角落，趙晴晴生氣地問他：「他們是不是欺負你？」

周邑人雖然高大，但渾身散發出的氣質讓人覺得他個性相當軟，趙晴晴小他一屆，說話的態度也一副老大姐樣。

「沒什麼。」周邑淡淡地說。

「是不是日記的事情開始的？」

「不是，在那之前他們就不喜歡我了。」
「我叫趙晴晴，如果他們以後還對你怎樣你一定要告訴我，我幫你出頭！」
「……」周邑不知道該怎麼回答她。
「你這個朋友我交定了！」
從此以後，趙晴晴家裡所有的資源回收全部給了周邑，包括她附近親戚家的，她全蒐集起來，待到週末讓他來取。
趙晴晴的父母認為她算是做了一件善事，倒也樂見其成。
每個週末有一次固定見面的機會，他們交談的時間也變多了。
周邑整理的時候，趙晴晴就兩手背在身後，靠著牆壁看他弄，一邊有一搭沒一搭地閒聊。
「你住在哪裡？」
「學校旁邊那條無尾巷。」
「你家裡有什麼人？」
「我和我奶奶。」
「父母呢？」
每每提到他的父母，他總是沉默，從此趙晴晴很少再提。

趙晴晴知道他日子過得苦，偶爾也會拿一些家裡吃不完的餅乾麵包給他。一開始他不接受，趙晴晴撒謊說是快過期的，不然就是他們一家都不愛吃，他才收下。這時候的趙晴晴心裡的想法是要還周邑一個人情，可時間久了，她發現自己對他越來越上心。校園裡，趙晴晴開始在任何地方尋找他的名字，布告欄、校刊、朝會報告的得獎名單……她發現他除了體育這個項目不錯，其他的表現十分一般。

而趙晴晴自己的成績雖然不到很好，但自尊心使然，也不到太差的地步，勉強算是中間程度。

她的父母不是很滿意，認為趙晴晴的成績還有機會往上爬，隨著即將升高二，順勢給她報了全科班的補習。

趙晴晴升高二的暑假是在補習班度過的，對十六、七歲的孩子來說，那是一段枯燥煩悶的青蔥歲月。有的人擅於忍耐這種苦悶，有的人是隔三差五的蹺課玩樂，不把補習當一回事，而趙晴晴是卡在中間。要說會玩，她絕對比不上班上的那些人的肆無忌憚，要說會讀書，她也比不過那些長年占據榜單前排的人。

這樣才是最苦悶的。

這天她原本約了和她同班的好友梁貞一起吃麵，梁貞說她下課趕著回家吃喜酒，趙晴晴只好一個人去。

下了課，她看到周邑不用補習，放假還是跟著他奶奶一如往常地工作，突然心生羨慕，有點不是滋味。

她站在補習班門口的臺階看他，他也看到了她。她一直站在那裡，偶有同學從旁邊經過向她道別，她只是轉過頭笑了笑，依舊站在那裡。

待他的東西都收拾好了，趙晴晴才緩緩移步走進旁邊的小巷子裡。

她的一舉一動周邑有看到，這些日子以來他和趙晴晴的相處變多，有時候一個眼神一個動作，他就能知道她想做什麼。

他一直猶豫著該不該過去。

「怎麼現在才來？」趙晴晴不大高興地埋怨。

「我幫我奶奶把車牽下坡。」

「東西呢？」她伸出右手。

周邑在口袋裡掏了掏，拿出一本口袋書。

趙晴晴接過，滿意地看了看封面。

那是一本被標注十八禁的言情小說，趙晴晴的爸媽不允許她看言情小說，何況是這種有年齡限制的，她不可能買，剛好知道周邑這個月滿十八歲，便軟磨硬泡要他幫忙。

對一個大男孩來說，買這種東西是很羞恥的，不過趙晴晴對他有恩，周邑還是厚著臉皮去了，結帳的時候老闆女兒在櫃檯後用一種詭異的眼神多看了他兩眼，讓周邑尷尬得無以復加。

趙晴晴從書包裡掏錢給他，他一開始還說不要，趙晴晴硬塞進他口袋裡。

補習班旁邊的小巷子陰暗不見天日，還有一股潮溼的味道，趙晴晴不喜歡待在這裡，但是補習班附近只有這裡她覺得最安全、最不容易被人發現。

「以後別讓我買這個了。」

「這又沒什麼，你就當作是幫妹妹買個東西就好啦！」趙晴晴笑得人畜無害的樣子，周邑看了什麼話都說不出來。

「對了！」趙晴晴打開書包，從裡面撈出一片東西，笑嘻嘻的拉住他的手，把東西塞過去。

周邑拿起來看，是一片CD，原先還有點困惑，不過看到上頭的圖片就想了起來。幾天前附近廣場在辦活動，當時他們也和現在這樣，呆站在小巷子裡閒聊近況，雖然大多是趙晴晴在講。

那時候趙晴晴正提醒他買書，發現周邑心不在焉，趙晴晴不太高興，問他在想什麼，周邑才說：「這首歌，我聽過。」

趙晴晴挑了挑眉，「不就Memory？」

「什麼？」

「Memory！M、E、M、O、R、Y！音樂劇的插曲！」趙晴晴不耐煩地解釋。

「喔！我小時候很常聽到，剛讀小學的時候，下課經常待在隔壁老爺爺家，他常常聽著這首歌，我都還記得……」周邑難得話多起來，說起自己的事。

趙晴晴看著周邑的表情，似乎很懷念。

「……那老爺爺呢？」她開始瞎聊，多知道一點他的事好像也沒什麼不好。

「不知道，有一天他就不見了……」周邑輕輕的嘆息，眼神中充滿了懷念。

那時她就決定要買這張專輯給他。

回憶至此，見周邑還望著禮物出神，趙晴晴瞄一眼他的臉，忽然對這樣感性的周邑有點好感。

CD在周邑手上，他看了又看，輕咬著唇不知道在想什麼，最後還是還給趙晴晴。

「怎麼了？」她垂眼看著遞在眼前的 CD。

「還妳。」

「還我做什麼？這本來就是要送你的呀！」難道是她剛剛沒說要送他，讓他誤會了嗎？

「我不需要這個。」周邑的表情很堅持，搖了搖頭，把 CD 塞進她的手裡。

「我買都買了耶！不要叫我去退貨，很丟臉喔！」趙晴晴接手，用力把那片 CD 塞進他的書包，一副凶巴巴的樣子。

周邑緊抿著唇沉默著，沒有再拒絕。趙晴晴心裡有種得逞的開心。那時的她不知道，其實那是喜歡上一個人，想為他做點事，討好他的那種快樂。

她深呼吸，繼續找話題，「嗯……最近還有人欺負你嗎？」

周邑搖頭。其實還是有人針對他，只是他不想讓趙晴晴煩惱，而且他本來就是邊緣人，不覺得趙晴晴有什麼責任。

「有的話一定要告訴我，我可以幫你擺平。」二年級的小霸王喜歡她，趙晴晴託他保護周邑。

「丁一宇有幫我。」他知道，她和丁一宇說他是遠親，託他照看。可丁一宇畢竟和周邑不同班，總會有他看不到的時候。

周邑長得高頭大馬，但個性溫吞，日記事件之前他在班上是個邊緣人，不過每次運動競賽，他能為班上贏得好成績，大部分的同學待他還算友善。自從那次他不顧一切把日記還給趙晴晴，越來越多人看他不順眼，甚至覺得他也在覬覦趙晴晴。

趙晴晴還不想回家，回了家又要被逼著讀書，就占著周邑的時間，和他閒聊起來。

他從來不會主動問她的事，都是趙晴晴在說話，那個時候他沒有手機，趙晴晴還是把自己的手機號碼抄給他，讓他有事可以打。

後來他們經常在那個小巷子裡「交易」，趙晴晴的藏書量越來越多，家裡幾乎要藏不下，只好看完了又借放在周邑家裡。

開學後的第一次模擬考，是考驗高中生暑假有無認真複習的一次見證。

那是全校十幾個班一起考的，成績很快就出來了。趙晴晴的父母看到成績單的時候大發雷霆，只差沒有動手揍她。

趙晴晴的父親將話說得很重，怪趙晴晴這輩子有哪一次考試讓他放心過？浪費這麼多補習費成績反而倒退不少，到底是去交朋友還是讀書的？揉爛了她的成績單丟在地上，怒吼她的不上進。

她母親衝進房間，在床底下、書包裡，搜出一堆小說。看到那些言情小說，她母親氣急敗壞將書甩丟在她身上，書的重量沉沉撞擊她的身體，她很痛卻不閃不躲，原本倔強憋住的眼淚流了下來。母親罵她成天光會看這些沒有用的書，妄想談什麼戀愛，一氣之下就把書全丟了出去。

以往再怎麼鬧脾氣，趙晴晴頂多摔摔門，把自己關在房間裡大哭一場。這次她突然悲從中來，覺得自己再怎麼努力也就那樣了，給她一點消遣難道不可以嗎?她突然很羨慕那些有兄弟姐妹的人，起碼他們的父母不會把一生所有冀望全放在一個人身上，背負這麼沉重的壓力。

她越想越難過，從來沒這麼絕望過，什麼也沒說就奪門而出。

初秋的傍晚，路上行道樹落葉片片，她的腳踩在乾枯的葉子上，發出急促的聲響。天空殘餘一抹紅霞，最後的一束日光在天空中閃了閃，不一會兒功夫就消失不見。趙晴晴在華燈初上的餘暉下奔跑著，她不知道可以去哪裡，心裡有一點後悔自己不顧一切跑出來，她知道父母肯定氣急敗壞，回去之後會用更嚴厲的方法懲罰她。可那個讓人窒息的家，她現在一點也不想回去。

和她最好的梁貞家裡還要坐一班公車才能到，何況她父母一定會認為她會去找梁貞，她就偏偏不去。

趙晴晴一路跑到學校附近那條陰暗破敗的無尾巷。這裡一排的平房，灰黑的水泥牆有的甚至剝落，露出土紅的磚塊。

她腳步遲疑地往裡面走，遠遠就看到那個高大的身影。

巷子裡晦暗寧靜，周邑坐在門口整理撿回來的東西，專心致志看著手上的鐵器。

他聽到腳步聲，轉頭看到趙晴晴的時候，臉上沒有太大的表情，只是靜靜地看著她走過來，在他面前止步。

他沒有問她為何而來，趙晴晴也沒有解釋。

他打開厚木門，趙晴晴舉步跟著進去。

周邑去廁所拿了一包衛生紙出來，她摸了摸臉才發現自己一路跑來全是汗……還有淚水。

她接過那包衛生紙，低著頭認真擦汗。周邑在她旁邊的板凳坐下，眼睛盯著旁邊一個點，不知道在想什麼。

她將汗擦掉，手裡捏著衛生紙，在他旁邊坐下。兩個人都不說話，窄陋的小巷子裡靜悄悄的，一點聲音也沒有。

趙晴晴現在才有心思抬頭看看這屋子，屋子裡面沒有開燈，僅有窗外一點點路燈照進來。

原來已經天黑了。

不知道是屋內溫差大還是剛跑完，她突然覺得四肢很冷，打了一個冷顫，雙手環在胸前。突然一股熱流從下腹部湧出，她倒抽一口冷氣，感覺一道視線，便轉頭看著周邑。

趙晴晴從凳子上緩緩站起來，拿著那包衛生紙慢慢走進廁所。

出來之後客廳的燈亮了，是暖黃色的四十燭瓦燈泡。

她找不到周邑的身影，最後在黏膩窄小的廚房裡看到他。

她走到旁邊，看到他在煮一鍋熱水，水裡有老薑片。

他將一匙潮溼紅糖倒進鍋子，攪了攪。

「你怎麼知道要煮這個？」她問。

「……小說上寫的。」

「你看了？」

他沒有回答，專心攪拌著。

肚子悶痛，她走回客廳，看到凳子上有一點血漬，覺得惱羞，趕緊沾溼了衛生紙擦拭。

「沒關係，那椅子是撿來的。」他端著一碗薑茶過來。

趙晴晴接過碗，低頭看著深褐色的薑茶，「你奶奶呢？」

「她身體不舒服，在裡面睡。」

趙晴晴盯著碗看，沒有喝。

「碗我洗得很乾淨。」

趙晴晴尷尬地搖了搖頭，難堪地抬頭對他笑了一下，小口小口喝著。沁甜的紅糖在喉頭化開，帶著一股酸。老薑的熱辣盈在口腔裡，整個人暖烘烘的。

「你成績好嗎？」

周邑不知道她為什麼問這個，看著她搖了搖頭。

「不好？我也不好。可是，有人會罵你嗎？」

他還是搖頭，像是知道了她的心事，「有人罵是好事。天塌下來都有人為妳頂著。」

趙晴晴不能體會他的話，在苦惱自己的高中生涯接下來會有多痛苦，她父母會使出什麼方法來逼她念書。

「我倒希望沒人管我。」她說。

周邑垂眼扯著嘴角笑了，那個笑有點苦，帶著她形容不出來的無奈。

「那些小說還是得放在你這邊，暫時不用再買了，避避風頭。」

他點頭。

在周邑的催趕下趙晴晴才願意回家，他陪她走了一段路，和她保持著一公尺的距離，看起來像是陪她走，又像是兩個不相干的人。

但是她是知道的，趙晴晴不是神經大條的人，她知道周邑是怕她覺得被別人看到不好。

趙晴晴停下腳步回頭等他。他卻停在一樣的距離上看著她。

「走快點。」

他點頭，還是在原地等著她先走。

最後她回頭踱步到周邑身旁。

他下意識地往周遭看了看，又朝旁邊跨一大步，與她空出一段距離。

「做什麼?」趙晴晴又往他那邊挪了一步，「不要離得那麼遠，說話都不方便。」

「可是……」

「我們不是朋友嗎?」趙晴晴打斷他要說的話。

他一路送到她家路口，趙晴晴對他笑了下，說了句再見就站在原地，想讓周邑先走，她再回家面對父母。

「我看妳到家再走。」

趙晴晴搖頭，「你先走。」

「妳不要害怕，妳爸媽都是為妳好。」

趙晴晴似笑若哭地皺著一張臉。

周邑一個跨步將自己隱在牆邊的影子裡，趙晴晴跟了過去，兩個人融在龐大的樹蔭底下。

他抬手輕輕拍了拍她的頭頂，「沒事的，無論如何道個歉就沒事了。」

她憂慮的眼睛看著他，她發現這個男孩的眼睛比她看過的任何人都還要真誠，讓人很想要信賴他。

趙晴晴點了點頭，轉身走回家，按門鈴之前，她回過頭在陰影裡尋找他，看他最後一眼。

就著微弱路燈，她只能隱隱約約看到周邑的輪廓，看不到他的臉，但她知道周邑一定在對她微笑。

周邑就是這樣的一個人。

回了家趙晴晴果然被父母狠狠罵了一頓，她母親也不管別人家會不會聽到，就衝著她狂吼。

「妳膽子大了啊？竟然敢給我跑出去！好的不學淨學些壞的！」她母親拍桌子不斷地咒罵她不知上進，丟盡趙家的臉面。

周邑還沒走，他站在趙晴晴家門口看著那一家燈火，聽著。

他聽到有人在裡面丟東西的聲音，還聽見男人勸架的說話聲，嘈嘈嚷嚷，他垂下眼，看著地面，一直到裡頭沒了聲音才走。

趙晴晴在房間裡哭了一夜，哭的時候她總想到周邑的臉，想起他說的話。她知道自己過得很幸福，不愁吃穿不愁錢，可是幸福竟然這麼有壓力，她覺得呼吸困難。

如果說趙晴晴一開始會和周邑接觸是因為同情，那麼接下來的相處就是叛逆。學校的同學一定想也想不到她會和這樣的人做朋友，父母也不可能樂見她和優良學生以外的人往來。

可她就是越想逆他們的意，彷彿這樣就能夠得到小小的快意。

補習班下課後，她和他在窄巷子裡見面，有時候是讓他幫忙買家裡不允許她買的東西，有時候只是兩個人待在那裡，一句話也沒說，她背靠在水泥牆上安靜地和他待上十分鐘，他說他該走了，然後兩個人就分道揚鑣。

偶爾學校提早放學的時候，她就去周邑家找他。後來周邑的奶奶已經認得她了，不過卻一直以為他們是同班同學，趙晴晴也不想解釋。

周邑的奶奶是很熱情的人，大概是他平時沒有私下往來的朋友，所以對趙晴晴的出現特別和善，總是想在家裡找一些東西招待她，沒有的時候就會從自己縫的褲內袋裡掏錢，讓周邑趕緊去買。她來的時候，奶奶怕她尷尬，總是自己騎三輪車出去，讓趙晴晴自在一些。

一開始周邑是不願意他奶奶單獨出門工作的，可是趙晴晴來的次數多了，而且總拉著他陪。

趙晴晴坐在客廳的藤椅上看小說，周邑在旁邊整理撿回來的廢五金。她看得很認真也很快，看到某個部分，她從書裡抬起頭問他：「你覺得男女有純友誼嗎？」

這是這本書中提出的一個問題。

「我不知道。」周邑正忙著埋首拆解手上的東西，對她突如其來的怪問題哪有心思去想。

「書上說沒有。那我跟你難道不是嗎？」

周邑沒看她，對她的問題一點興趣也沒有。桌上那包黃金梅子糖還是上禮拜那包，她一顆也沒動過。

「欸！你有喜歡過人嗎？」

他還是沒看她，專心拆手上的東西。

「那有人喜歡過你嗎？」

他微不可見的搖了頭。

「其實我覺得你人不錯！」趙晴晴是認真的，雖然周邑的家庭環境不好，可他總是將自己的外表保持得乾乾淨淨的，讓人一點也想不到他會在破爛堆裡工作。他身強體壯，成熟穩重，個性溫和，連趙晴晴都覺得他人很好，相信其他人也是。

如果周邑不是生在這樣的環境，如果他再活潑開朗一些，人緣一定很好。

如果他人緣很好，那他就不會是屬於她一個人的朋友了。

想到這裡趙晴晴覺得很不是滋味，非常不高興。

最近因為期中考成績，她母親已經和她冷戰一個星期。她的成績普普通通，常在中下游徘徊，惹得她母親不高興。趙晴晴覺得自己沒有錯，她不是不讀書，也不是沒努力過，可是想到母親看到她成績單的臉色與冷言冷語，她覺得煩躁焦慮，一點用功的心情都沒有。劍拔弩張的氣氛和父母嚴厲的嘴臉，讓趙晴晴一點也不想在家裡待下去。

她把小說放下，坐直了身體，兩隻手撐在臀部兩側，認真地看了看他。覺得他很順眼，尤其是認真做事的時候。

「欸！你想不想談戀愛？」

周邑連頭都沒抬，只是搖頭。

「你不想交女朋友嗎？」

「不想。」

「為什麼？」

「沒為什麼。」

「我做你女朋友好不好？」

他終於抬起頭，面無表情看著她。

「試試看啊？」

「妳在開玩笑嗎？」

「我是認真的！」趙晴晴正襟危坐，努力讓自己看起來很正經。

「不是很多人暗戀妳嗎？妳從那些人裡面找不是比較好嗎？」周邑坐在矮板凳上，比趙晴晴的高度低了些，略略抬眼看著她，看起來無辜。

「可是我不喜歡他們。」

「那妳就喜歡我？」他睜大了眼睛，看起來不只無辜還很可愛。

趙晴晴笑意盈盈地點頭，既然書再怎麼讀也讀不好，不如來場戀愛。好好地玩、好好地享受人生。

周邑沒再提出疑問，又低頭下去弄手上的金屬。

「我跟你說喔！我們要過情人節，一年有三個情人節喔！還有聖誕節！今天算是交往紀念日，你要記得！不可以忘記！」趙晴晴當他是默認了。

周邑還是沒有看她，但是整理廢空罐的速度越來越快，他今天忘記戴手套，一不小心就把手掌給劃破了。

腥紅的血絲從手掌迸出來。

趙晴晴跳起來，抽兩張衛生紙替他按住受傷的位置。

「妳會後悔的。」他突然說。

「啊？」趙晴晴一時沒意會過來，愣了一下說：「不試試怎麼會知道呢？」

於是他倆開始一場由趙晴晴主導，周邑半推半就的戀愛。

趙晴晴讓他保守祕密，不能說出去，等他們穩定了，也許畢業了再說也不遲。周邑沒有反對，他們雖然正在戀愛，但是相處還是與平時無異。

趙晴晴不想張揚出去，一方面是怕被父母師長發現，另一方面是覺得周邑的身分會引來很多議論，畢竟她在校園裡還算是個出名人物，她私心不想別人同時拿她和他出來討論。

她刻意忽略自己心中那一道聲音——她潛意識認為和他交往是不光彩的。

自從那次趙晴晴的母親和她冷戰之後，這場戰爭就一直這麼延續下去。不論趙晴晴怎麼主動和她說話，她總是不理她，但是三餐還是會幫她準備，至於管教，就全部交給她父親。

趙晴晴的父親挑起管教她的重責大任，盯她的課業盯得更緊了，經常晚上十一點還不讓她睡覺，逼她繼續讀書，至少要讀過午夜十二點。加上母親對她擺臉色，她覺得自己的壓力大到如果不找一個出口釋放，她就要瘋掉了。

在學校，她沒有向別人說家裡的事，照樣一副無所謂的模樣，和同學說說笑笑，彷彿無憂無慮，成績也不看在眼裡。

只有周邑知道，趙晴晴經常抓著他訴苦。

一開始的確只有訴苦，後來幾次家庭的爭吵，她抱著他哭。他的手垂在身側，不知道該怎麼安慰她。

他曾經試著告訴趙晴晴，她其實很幸運很好命，也勸過她和父母好好溝通，可是這樣只會引來趙晴晴更大的反彈。

最後他只能輕輕拍著她的頭頂，在她哭的時候這樣安慰她。

一開始她是很排斥周邑碰她頭頂的。趙晴晴自尊心很強，總覺得他這麼做，讓她覺得自己是個弱者。每每只要他一這麼做，她就火冒三丈，接著變得很想哭，哭完之後就和他鬥嘴。

到很久很久以後她才知道，原來那是撒嬌。

也許趙晴晴一開始想談戀愛是一時興起，後來卻變成一種依賴。那時的她也搞不懂什麼是愛，但是面對家庭高壓政策，她逐漸不能沒有他。

交往迎來了第一個節日，是趙晴晴的生日，她說：「這場戀愛你沒有跟我告白沒關係，可是這是第一次的節日，還是我的生日，我們要好好過。」

他點點頭，若有所思。

趙晴晴十七歲生日那天，隨便編了理由出來找他，反正她母親現在不管她，生日也不會幫她過。

他用少少的錢買了一個比他巴掌還大一點的小蛋糕，上面插著十七根蠟燭。

他們躲在周邑小小的房間裡，沒開燈，讓燭光盈滿室內。窗外已是嚴寒，可昏黃的屋內卻是滿滿的溫暖。

周邑低低唱著生日快樂歌，他唱歌不難聽，已經變聲的嗓音聽起來很有男人味。

吹蠟燭那一刻她突然很想哭，說不出為什麼。

小蛋糕只夠兩個人吃幾口就沒了。周邑從身後拿出一個包裝過的禮物。

趙晴晴看到的時候雖然很想叫他不要破費，他賺錢這麼辛苦，可想到是難得的日子，道謝後還是欣然收下他的禮物。

她把禮物拆開，把包裝紙拆得很完整，打算留下來當作紀念。

拿出來之後發現是一罐護手霜，還是她原本就在用的牌子。趙晴晴的臉冷了下來。

她看起來不太高興。

「喜歡嗎？」他問。

「這種東西用完就沒了，我比較想要有紀念意義的東西。」

周邑愣了愣，思考一下才說：「用完了還能再買。」

「那就不一樣啦！不是原來這罐！」趙晴晴越想越不高興。她是真的很想要一個能夠紀念他們第一次一起慶祝生日的東西，不是這種消耗品，要護手霜的話她可以自己買啊！

周邑不說話，收拾了桌子，做自己的事。

趙晴晴不高興，也收了自己的東西，轉身出房門走了。

她不懂他為什麼不能好好用心準備，明明說過她很重視這次生日了！

周邑被這麼一說，當下完全不想理她，也不想和她吵，就這麼讓她走了。他不明白什麼樣的東西對她來說才具有紀念意義？在他看來趙晴晴只是不喜歡這樣禮物，嫌寒酸，鬧脾氣。

過幾天，他們在校園偶遇，那時趙晴晴的氣已經消了大半。他一個眼神，兩個人走到校園的偏僻角落，他塞給她一罐熱飲，她若無其事的收下，就當作兩個人和好了。

升上高三的周邑，剩半學期就要畢業。趙晴晴問過他要不要升學，他只點頭沒說什麼。他的模擬考成績一直在中下游移，真要讀書還是有學校念，只是會上什麼學校，就很難說了。

學期結束，寒假的時候周邑很認真打工，為了自己的學費，也為了讓他奶奶不要這麼辛苦。放了假，趙晴晴和他見面的時間反而變少，讓趙晴晴很生氣。

那時候為了補習結束後方便聯絡，她父親給她一支手機。周邑也為了奶奶找他方便，辦了一支手機。

趙晴晴出了補習班給他發簡訊，問他能不能來見她，周邑總是走不開。

幾次之後，趙晴晴就氣得不再聯絡他，她一度以為兩人的戀情就到這裡為止。

除夕那一天，平時不打電話的周邑難得打給她，問她在不在家。

她說自己傍晚就要隨著父母去爺爺家過年了。

周邑急急忙忙說，讓她十分鐘後到路口去。

趙晴晴站在路口那片相思樹的陰影裡，遠遠看到一個圍著黑色圍巾朝著她狂奔而來的少年。天氣那麼冷，他卻穿得不多，一件襯衫加鋪棉外套，邊跑嘴裡吐著霧氣，看到她，對她露出最燦爛笑容，眉眼彎彎，已稍微長長的額前髮絲在寒風中飛揚。

那瞬間，她想朝他狂奔而去。

他交給她一個小紙袋，讓她回家再拆，接著又趕著要回去給他奶奶煮菜。

趙晴晴捨不得他走，仔細看著他臉上的每一個小細節、每個表情，不想放過。

她輕輕抱著他，將頭埋在他的胸懷裡，她的臉很燙，溫暖了他的心。

袋子裡是一張賀卡和一枝筆。

他木訥，只祝她新年快樂。筆是他向文昌帝君求來的，希望她開學考試順利。

第二章　活著就是要面對失去

高三的最後一個學期周邑更加忙碌。學校要他們做最後一次的性向測驗，還要忙著各種大大小小的模擬考。周邑曾認真思考過自己的未來，他還有年邁的奶奶要照顧，不能去太遠的城市念書，這個地方總共有三所大學，其中兩所的學費太貴，不是他能負擔得起的，而唯一一所公立大學分數很高，他沒有把握。

周邑打算，如果沒有考上，那就學個技術養活自己和奶奶也可以。如此一來，他就沒有把考試放在心上，照著以往的步調生活。

趙晴晴在全科補習班補了快一年，數學成績未見起色，不過有些文科因為老師的確教得很好，所以成績還不差。趙晴晴心裡有點高興，雖然她數理不佳，但是文科還可以，總算有點信心。可是趙晴晴的父親看到成績單時，卻面露難色地對她說：「妳的數學總是這麼差！怎麼考上好大學？」

他永遠看不到她其他科的成績。

「可是我歷史九十分。」

「歷史考得高又怎樣？加重計分的都是數學、英文。」

原本她以為自己會得到稱讚，卻依舊被訓斥得體無完膚。

趙晴晴除了上學和睡覺，其他的時間都貢獻給了補習班。

補習班的男同學偶爾會傳紙條給趙晴晴，約她晚餐時間一起吃飯或者放學後一起去玩。

趙晴晴總是看完就把紙條丟進垃圾桶，這種東西她一點都不想留。

在補習班談戀愛這種事，就等於是在老師還有父母的眼皮底下做壞事。她有一次把男同學的情書帶回家，被母親翻到，她冷漠地罵她「不要臉」的樣子。她一輩子也忘不了。

有時候趙晴晴會想，她也許不是母親親生的。

但是看著她們相似的臉龐，無庸置疑，她是她的孩子。只是母親為什麼老是要這樣刺激她？讓她難堪？動不動就酸言酸語，難道好好說話有這麼困難嗎？

她曾經向父親抱怨過母親嘴巴太毒的事，父親只是語重心長地安慰她：「妳媽媽是為妳好，說話重了點，只要妳好好表現，她就不會這樣。」

母女兩人的冷戰持續了一年，母親從不正眼看她，也不和她說話，有事全靠父親夾在中間當傳聲筒。

有一次，她父親受不了兩個人這麼劍拔弩張的關係，對趙晴晴說：「只要妳向妳媽媽道歉，她就會原諒妳了。」

由於冷戰持續了太久，趙晴晴一時也想不起來自己當初到底做錯了什麼。她花了十分鐘回想這件事，心裡很難受，當著父母的面說：「我不覺得自己做錯什麼事，為什麼要道歉？」

趙晴晴的母親像吃了炸藥一樣，從沙發上跳起來，指著她的鼻子罵。

「妳成績不好就是要向我道歉！」

趙晴晴完全不懂她母親的邏輯。

為什麼考差就是對不起她？

她堅持不道歉，父親擰起眉，勸趙晴晴：「無論如何道個歉，就能和好，為什麼不道歉呢？」

連父親都向她施壓。

趙晴晴躲進房間裡，把自己鎖起來，用棉被蒙著頭大哭。

她到底做錯了什麼？

門外還傳來母親咒罵的聲音。

她不懂她們到底是仇人還是親人？為什麼一家人不能好好說話？

趙晴晴又想起了周邑。像周邑那樣，無論做什麼都只要對自己負責，多好。

補習班偶爾有老師請假停課的日子，或者她用經痛的理由請假不去上課，於是趙晴晴待在周邑那的時間變得更多了。

她翹著腳躺在周邑床上看她的小說，深藍色百褶裙因為姿勢滑到大腿上。趙晴晴的皮膚很白，被深藍色襯得更白。

周邑坐在旁邊寫數學作業，不小心瞄到她的春光乍現。

他沒說什麼，轉回頭，專心把作業寫完。

房間裡只有翻書和鉛筆在紙上摩擦的沙沙聲。

趙晴晴把一本小說看完，在床上伸伸懶腰，起身看周邑在忙什麼。她湊在他旁邊，看他寫數學習題。發現周邑的數學好像還可以。

「你數學不錯？」

「還好。」

趙晴晴看他的公式背得還算熟，基本的題目寫起來沒什麼猶豫。

「欸！周邑！」她叫他。

他轉過頭困惑地看著她。

「你還有其他家人嗎？」

他認真地盯著她的眼睛看了很久，才緩緩點頭。

「我從來沒聽你說過。」趙晴晴很驚訝，她也看著他的眼睛，周邑圓圓的大眼裡平靜而深邃。

「因為都沒有聯繫。」

「為什麼不聯繫？」

「他們拋棄我跟我奶奶，以前我奶奶住院的時候找過一次，找不到。」

他沒說，那些人避他們像避瘟疫，包括他的母親。

「你父母呢？」

「……」他什麼都沒有說，趙晴晴也感覺不到他的情緒。

可是她覺得這個時候的周邑是需要安慰的，便伸出手，像平時周邑安慰她那樣，有點遲疑地輕拍對方的頭頂。

他抽口氣，目不轉睛看著她。

趙晴晴給了他一個笑容。

瞬間，他的身體微微往前傾，乾澀的嘴唇印在她的唇角。

趙晴晴呼吸一滯，卻沒有閃躲。他又挪了挪身體，吻住她。

當時的她想，這是她的初吻，她一定要好好記住這個吻，不能忘記這歷史性的一刻。

她溼潤的唇瓣讓他的心變得柔軟，周邑生澀的輕輕摩擦著她，小心翼翼。

趙晴晴回應他，主動吻了他一下，對他笑了笑說：「這是我的初吻喔！你以後要對我更好……」他盯著她豔紅的唇，趙晴晴的聲音像是具有魔性，令周邑深深著迷。

他鄭重點頭，生澀的唇舌與之交纏。

最後一次模擬考前，周邑突然請了假，趙晴晴是到後來才知道的，他沒有告訴她。

她在學校裡遇不到他，刻意經過他的班級發現他的位子空著。

打電話給他也沒接，一開始趙晴晴是著急，到後來覺得生氣，氣的是他有事怎麼不告訴她？

趙晴晴找到他的時候她的氣就消了，她看到周邑憔悴地背著背包，準備出家門。

「你怎麼了?這麼久沒來上學。」趙晴晴眼睛瞬也不瞬盯著他看。

「我要去醫院，我奶奶病了。」

趙晴晴不知道自己能幫他什麼，才發現他的衣服似乎已經很多天沒換，灰撲撲的。

她往前走幾步，在他面前停下，腦子裡翻江倒海在找句子。

「……你有沒有吃東西?看起來很憔悴。」她踮起腳尖，把他看個仔細。

「我吃不下。」他弱弱地說。

趙晴晴跟著他走，在公車站邊隨便買了一個熱饅頭塞給他。

「吃不下也要吃點，你奶奶需要你。」

饅頭在兩個人的手心上，熱氣蒸騰，趙晴晴看到他的目光裡有淚，也不知道該怎麼安慰他。

送他上車後，趙晴晴才回家。她一直在想周邑有沒有錢付醫藥費的事，現在他一定很需要錢。

她找出自己的壓歲錢和零用錢，算一算總額，對他來說大概也只是杯水車薪，一點幫助也沒有。她氣餒，後悔當初為什麼不節儉一點。

某天早晨，趙晴晴把手機開機，隨即一連串簡訊傳來，都是通知她昨天半夜有未接來電。

電話全是周邑打來的。

她心裡暗暗覺得不妙，再往上翻，最後一封是他傳來的消息。

她走了。

趙晴晴天人交戰，他現在一定很需要人陪，不知道該不該蹺課去找他。但她一走，他們的事就會被父母發現。

她躲進廁所，打電話給周邑。他一直沒接。

那天，趙晴晴還是去了學校。

她一整天心神不寧，一下課就瘋狂打電話。

可他一通也沒接。她不安、擔心、害怕，他奶奶可以說是周邑在世界上唯一的親人了，趙晴晴無法想像他的打擊和無助。

下了課，她一路狂奔到他家去，屋裡卻一個人也沒有。

趙晴晴不知道周邑去了哪裡，也不知道該問誰，她這才發現周邑在這麼小的年紀已經歷經生離死別，一個人要扛起這麼多的責任。

她不知道失去精神支柱的周邑會變成什麼樣子。

她蹲在破敗的厚木門前，陰暗潮溼的巷道裡安靜得只剩幾聲狗吠在迴盪，她竟然起了一陣雞皮疙瘩，兩手緊緊環抱住自己，求神明一定要保佑他平安無事。

最後，她找不到他，還是回了家。

睡前，她躺在床上，睡不著，滿腦子都是他的事。手裡的手機突然震動起來，她立刻接通。

「喂？」

那頭沒有聲音，她看了看螢幕，確定是周邑。

「喂？你在哪裡？」

他一直沒有回答，沉默了很久很久，她聽見微微啜泣的聲音。

「你不要難過……她去了更好的地方。」

「妳怎麼知道是更好的地方？」周邑扯開嘶啞的喉嚨，乾裂劇痛。

「人家都是這麼說的，你就想，她解脫了。」趙晴晴想盡辦法把腦子裡可以用的詞彙拿出來用，才發現她這輩子不曾真心安慰過任何人。

「是解脫了，擺脫我這個麻煩。」周邑的語氣帶著憂傷。

「你不要這麼想……」

他沉默有一刻鐘那麼長，才說，「我好怕……」

趙晴晴靜靜聽著他的嗚咽聲，覺得難過，想掉淚。

最後，是他先掛的電話。

趙晴晴在心裡罵自己百遍千遍，她不知道能為他做什麼。

沒幾天周邑便回來上課。

趙晴晴一直不敢去找他，她有一種說不上來的愧疚感。

周邑自從那天起，也沒再和她聯絡，又過了幾天，趙晴晴越想越生氣。開始懷疑他是忘記她了嗎？還是在生她的氣？

放學後，她堵在他家門口，看到周邑駝著背走來。她衝過去質問他：「你為什麼都不聯繫我？」

「我沒有時間。」周邑只瞥了她一眼，手在書包裡掏鑰匙，很忙的樣子。

「為什麼沒時間？一通電話的時間都沒有嗎？」她不高興。

「對！」周邑突然像發狂似的，對她吼。

趙晴晴被他突如其來的情緒嚇到，不敢說話。

周邑開了燈，從書包裡拿出東西，坐在藤椅上開始認真讀書，完全不理會趙晴晴。

趙晴晴就站在旁邊看了他一會，默默關上門走了。

那天之後，她再也遇不到周邑，也不打電話煩他。

她知道他還沒從奶奶死亡的傷痛中走出來。

趙晴晴從學校公布的模擬考榜單上，看到周邑的名次突飛猛進。

她還是沒有打擾他，直到周邑大考結束那天。

趙晴晴第一次直接蹺了補習班，在他家門口等他。

她等了很久，久到她以為就快要等不下去的時候，周邑才出現。他穿著校服，背著書包，低著頭，以至於沒有看到她。

「周邑。」她輕輕喚了聲。

他抬起頭，眼下很深的黑眼圈，眼裡全是血絲。

他瘦了，再也不是她記憶裡那個強壯的少年。

「妳怎麼來了？」他掏鑰匙，一邊想這個時間她應該在補習班。

趙晴晴跟著他後腳進屋，她不知道該怎麼回答他，她很擔心他。

屋子裡跟上次看起來沒什麼差異，周邑放下書包後整個人癱坐在藤椅上放空。趙晴晴主動進廚房想幫他倒杯水，卻發現廚房似乎很久沒有使用了，不要說是水，冰箱根本空無一物。

她跑出去街上買了些水、麵包和雞蛋回來。將礦泉水倒在杯子裡，遞到他的面前。

他伸手接過那杯水，好像久旱逢甘霖般快速喝完，對趙晴晴說了聲謝謝，兩個人剩下滿室的安靜。

她看到灰敗的牆壁上掛著奶奶的遺照，那雙眼睛似乎正看著他們。趙晴晴低著頭坐在他旁邊，小聲地說：「我買了些麵包和雞蛋在廚房裡，肚子餓了可以吃。」

周邑沒有反應。

過了一會，他才開口說：「三個月的時間果然不夠。」

趙晴晴困惑地看著他，不明白他在說什麼。

「三年的書用三個月來讀根本不夠。」他用手掌遮住自己疲勞的雙眼，額前的瀏海已經長到遮住眉毛，他深呼吸又吐氣，再深呼吸，再吐氣。

趙晴晴將手搭在他的背上，輕輕拍著。

「我不眠不休的讀書，時間還是不夠用！」他懊惱咆哮。

趙晴晴看著他的側臉，緊咬著下脣。

周邑緩緩把臉靠在她的頸窩，他的氣息很不穩，像在刻意壓抑著什麼。

她不敢動，讓他就這麼靠著，直到周邑終於自己抬起頭。他們的距離很近，鼻尖幾乎就要碰在一起，她對上他赤紅的雙眼，看著他緩緩靠近，直到他的左臉貼著她右側臉頰，緊緊抱著她。

「你要好好的，這樣奶奶在天之靈才會安心。」她說。

「她走前最後一句話，要我好好讀書，照顧自己。」

「嗯。」

「我盡力了。」

「我知道。」

他的淚沾溼了她的臉，又熱又鹹。

趙晴晴陪著他，看了看時鐘，不得不回去才走。

考完大考的周邑已經忙著在找打工，高中還沒畢業的年紀，他只能選最苦的工作做。

常常回到家已經累到沒有精神和趙晴晴聯絡。

趙晴晴是體諒他的，當她聽說周邑為了錢上工地去挑磚的時候，她的心情很沉重，可是她也不知道該用什麼理由叫他不要去，只能叮嚀他注意安全。

趙晴晴準備升高三，家裡更是緊迫盯人，她連去找周邑的時間都沒有，只能在校園追隨他的身影。

畢業典禮過後周邑正式放暑假，又兼了好幾份工。趙晴晴幾乎找不到他的人，只能偶爾收到他回她的簡訊，十封裡最多只回一兩封。

放榜那天，時間一到，她迫不及待去查他的名字，她知道周邑多重視這次成績，唯有考好，他才能放下心中的執念。可三個月的時間，他到底能做到多少？

她在城內唯一一所公立大學，一個很冷僻的系裡看到他的名字。

她鬆了一口氣。

至少是公立！他的負擔不會那麼重，離她也不遠！

她想立刻告訴他這個好消息。

連續撥了好幾通，周邑總算接了。

「喂？」

「恭喜你考上A大。」

「嗯。」

他的聲音聽起來不太高興。

「怎麼了?」

「我把A大所有能填的系都填了一遍，才踩著底線上了這個，開學之後可能還要準備轉系考。」

「喔……」

「先這樣，沒事我掛了。」

「等等!」她叫住他，「週末是情人節，你能來找我嗎?」

「我要打工。」他的聲音有些疲憊的沙啞。

「就一下子，我們已經一個月沒見了……」

「我真的抽不開身。」

「就見十分鐘。」

「我看看好嗎?再跟妳說。」

「好……」

最近趙晴晴被逼得很緊，除了補習班，他父親還給她找了數學家教。從早上一睜開眼她就必須讀書，只有吃飯上廁所才能稍微喘息。

返校日那天早上，她有點拉肚子，快要趕不上時間，便拜託父親載她一程。父親讓她在家門口等卻遲遲沒開車出來，她走回屋裡察看時，聽見母親叫父親不要載她，還聽見她忿恨地說：「讓她被車撞死算了！」

她渾身都在顫抖，不敢相信自己的耳朵，腦子裡只剩下雷鳴般的巨響。

她知道母親一直覺得自己在忤逆她，可是怎麼能因為不順她的意就對她這麼無情？母親是不是一點都不愛她？

直到父親將車開出來，趙晴晴反常地坐在後座，一言不發。父親並沒有察覺她的異狀，將車平穩地開到學校。

趙晴晴沉默地下了車，頭也不回進了校門，她死死咬住嘴脣，抑制不住的眼淚一顆顆往下掉。

她快速用手背抹了抹臉，掩飾自己的難過，快步走進教室。坐在她前面的梁貞，轉過頭來看到她兩眼略略紅腫，「早！」

趙晴晴強顏歡笑對她點了點頭，算是打過招呼。

「妳怎麼了？」

「沒事。」

趙晴晴好強，怎麼樣都不會說。

學校提前發了下學期的課本，趙晴晴將書都整理好。

梁貞約她放學後去吃冰，她說自己拉肚子，早上十點出了校門，就一個人在路上遊蕩。

她想，這個時間周邑也不在家，便憑著印象走到周邑打工的工地。

那附近黃土飛揚，趙晴晴還沒靠近就覺得空氣很嗆，她站在工地旁邊，搜尋著周邑，等了好一會才看見他裸著上身忙碌的身影。

她想喊他，話到了嘴邊，又吞了回去。

他穿著髒汙的牛仔褲，頭髮被一層黃沙覆蓋，變得消瘦的身體硬是練出了肌肉，挑著磚的肩膀上全是傷，她已經快要認不出來眼前的那個人了。

她就這麼遠遠地看著他，心裡很矛盾。

她很想他、很需要他，可是他這麼忙，她不能吵他。

她在烈日曝晒下流了一身汗，臉上早就溼透了，一輛水泥預拌車從她身邊經過，還沒完全關閉功能，水泥漏出來星星點點濺了她一身。

她留戀地再看周邑一眼，便狼狽回家。

她想，還是不要打擾他，她的事還是等到情人節那天再和他說吧！

可趙晴晴怎麼想就是沒想到周邑會在情人節前一天晚上打給她，告訴她，他請不到假。

趙晴晴躲在棉被裡講電話，一聽周邑這麼說，眼淚忍不住就啪嗒啪嗒掉下來。

「我們已經很久沒見面了！」趙晴晴鬧脾氣。

「最近很缺人，我實在走不開，而且快開學了，我除了學費，還要籌生活費。」周邑無奈地說。

「多少錢！你到底還缺多少？」趙晴晴差點吼了出來。

「這妳不用知道。」

「那我到底能夠知道什麼？我覺得你離我越來越遠了！你知道我最近發生什麼事嗎？我找不到你！你都不理我！」趙晴晴發洩似地抱怨。

「我真的很忙……妳有什麼事可以現在在電話裡說。」

「不要！我不要告訴你了！」趙晴晴恨恨地說：「你明天如果不來我們就分手！」

「妳——」

周邑話還沒說完，趙晴晴就掛了電話。

第二天補習的時候，她被一個男同學叫到教室外頭，他靦腆的交給她一封信，旁邊有他的一票同學在竊笑。

趙晴晴頭連抬都沒抬，轉身就走。那男同學僵立在原地，惱羞成怒地吼道：「有什麼了不起啊！公主病！」

趙晴晴不理會，她心裡只在乎周邑今天會不會來。

補習班下課，她等在旁邊的巷子裡，手將書包護在胸前，那裡面有她寫的情書和她準備的禮物。

過了約定的時間十分鐘，周邑沒有出現。

趙晴晴覺得心灰意冷，從書包裡拿出那封情書，想把它撕掉！她覺得自己蠢斃了！

不料巷子裡卻出現其他人的腳步聲，一開始她以為是周邑，沒想到是剛剛向她告白失敗的男同學。

那男同學跟著幾個人走進來，像是早就知道趙晴晴在這裡的樣子，他壞笑著問她：「妳在這裡等誰啊？」

趙晴晴捏緊手上的信，往後退了幾步。

他們步步逼近，不知道想做什麼。

她很害怕。

他們把趙晴晴包圍起來，不懷好意盯著她看。趙晴晴捏緊手上的信，將書包死死護在胸前。

「剛剛妳害我在這麼多人面前出醜，妳想沒想過我的感受？」那帶頭的人不滿地說。

她很害怕，心裡呼喊著周邑，希望他趕快來。

他們一把就搶過她的書包。

她奮不顧身撲過去和他們搶，她的力氣哪可能敵得過好幾個男人，書包一下子就落到他們手上。他們發現趙晴晴手上有封信，很好奇，兩個人過來要抓住她，搶她手中的信。她知道這信萬一流到他們手裡，她就完了。她抵死不從，乾脆把信在他們面前撕得稀爛丟進旁邊的水溝裡。

他們叫囂著，趙晴晴渾身都在發抖，她大聲呼救，卻被他們衝上來掩住口鼻。

她像溺水的魚不斷掙扎，心裡反覆問著，「周邑！你為什麼沒有來？」

她豁出去，死命咬對方的手，掙脫，尖叫！

腥臭的血液在嘴裡充斥，她渾身發冷，甚至開始冒冷汗。

終於她的叫聲引來路上其他人的好奇，有人往裡面走來，巷子樓上的幾間住戶也打開窗戶探頭出來看。

趙晴晴奮不顧身撲出去，用盡全身力氣要搶回書包。他們原本就只是想捉弄她，隨手把書包丟在水溝裡，朝沒人的另一邊巷子跑走了。

趙晴晴從水溝裡撈起自己的書包，拔腿狂奔。原本紮整齊的馬尾凌亂不堪，溼透的書包在她身上滴水，她衝出人群，死命地、死命地往前跑。

她跑進周邑家的巷子裡，著急地來來回回推門，彷彿後面還有什麼在追著她，門始終打不開，她再也跑不動了，雙腿抖得越來越厲害，抱著書包，蹲在門口把自己埋進臂彎裡。

終於，她哭了出來。

不知道哭了多久，她的頭很暈，感覺到有人在推她，她受到驚嚇，下意識地往後跌，整個人倒在地上。

她往上抬頭一看，是周邑。

她心裡的怒氣和害怕在這一瞬間全部爆發。

她從地上爬起來，發洩似地用力捶他胸口。

「你為什麼不來？」

周邑看她狼狽的樣子，驚訝又著急地問她：「妳怎麼回事？」

趙晴晴腦中只有埋怨，她不停地哭，眼淚停不下來。

周邑不管自己身上也沾著粉塵，死死抱住她。

直到她不再掙扎為止。

他低著頭，將趙晴晴的臉看個仔細，她的臉既黑又髒，他將她帶進屋子裡，想拿毛巾給她擦臉。

不料，趙晴晴不肯跟他進去。

周邑不解地看著她。

趙晴晴哭喪著臉，與之對視。

「我昨天說過，你如果今天不來，我們就分手！」她一向說到做到。

「妳又不是不知道我的處境，我哪有時間去跟妳浪漫！」

「我們這麼久沒見！就見一下有那麼難嗎？」趙晴晴幾乎是用吼的。

周邑意識到她手上溼漉漉的書包。

趙晴晴順著他的目光，打開書包，從裡面拿出錢包。

「你缺多少錢？多少？我通通給你！不夠我就去想辦法！我給你！」趙晴晴失

去理智。

周邑沒想過她會這樣汙辱他，他不可置信，看著趙晴晴顫抖的手把錢包裡的鈔票一整疊丟在他身上。

紙鈔打在他的胸口再一張張飄落地面，被夏天的熱風緩緩帶走。

沒有人去撿。

時間彷彿靜止了，沒有人再說話，只剩下趙晴晴因憤怒而急促的呼吸聲。

周邑看著趙晴晴，眼底有無法遏制的怒意。

趙晴晴一這麼做就立刻後悔了，這錢原本是她東湊西湊要送來給他的，現在卻變成這樣。

周邑抬起頭看了看天空，深深吸一口氣，不再理趙晴晴，轉身回家，留她一個人在原地。

她以為他會和她吵，可是沒有，這才是她害怕的，他是不是默認分手了？

她低頭看著自己髒汙的膝蓋，上面的血浸潤在長襪裡，擴散開來，像一朵乾枯發黑的玫瑰。她蹲在地上將鈔票逐一撿起，整理好，壓在他家門下。打開書包，原本要送給他的禮物早就已經破爛不堪，包裝紙溼又發臭。她拿出來隨手丟在巷口的垃圾桶裡。

趙晴晴向父親解釋自己走路沒看路，掉進大溝裡，她父親沒懷疑，只怪她做事不夠小心。後來膝蓋的傷因為沒有即時處理感染了，還跑了幾趟醫院，吃了七天的抗生素。

周邑就像是人間蒸發一般，在趙晴晴的世界消失了，他們沒有共同的朋友，她對他的近況無從得知。

趙晴晴一度變得很排斥上補習班，她其實有點怕再遇到他們。她不知道向補習班或者父母說這件事，會有什麼後果，也許是換來再一次的報復。

她試著去認識同補習班的其他女孩子，和她們同進同出，想得到一點庇護。

那群男孩子有好一陣子沒出現在她面前，後來來了，若無其事的樣子，大家彼此心知肚明，偶爾他們還是會自以為神不知鬼不覺地捉弄趙晴晴，在她的椅子上黏口香糖，在她的講義上畫不堪入目的圖畫。

趙晴晴黏那群女孩黏得更緊，可以說是討好般地巴結她們，就怕自己被落下。女孩們並不排斥趙晴晴，可她們原本就已經自成一個小團體了，趙晴晴突然加入，對她們來說有時候還是會覺得不習慣。況且，趙晴晴本來就是她們年級的一個傳說，日記事件之後，她的風評並不是很好。

她無法完全打入她們的圈子，總是被有意無意地隔離在外頭。

趙晴晴已經不知道該怎麼交朋友了。

她發現她能跟梁貞好，那是因為梁貞脾氣太好，好到沒有個性，才能容忍她。她和梁貞的友誼一直都是自己在維持的，多半是她先主動找梁貞。梁貞人緣好，跟誰都能相處。

發現自己做人失敗，趙晴晴心情很複雜、很失落，她也想和大家好好相處，可是每次總會發生問題。

她在想自己是不是應該主動去找周邑道歉？萬一他不領情呢？

下課後，她出現在周邑家門口，屋裡有微弱的燈光，他在家。趙晴晴鼓起勇氣敲門。

周邑看到她的時候並不意外，他往旁邊讓了讓，放她進來。

趙晴晴站在茶几前，沒有坐下。周邑進房間拿出一個信封袋交給她，趙晴晴接過手，發現是一疊鈔票。

「還妳，我不要。」

她的腦中千迴百轉，一邊告訴自己不要衝動、不要生氣，一邊想著該怎麼開口。

今天的周邑看起來乾淨整潔，原本過長的頭髮已經剪去，可他還是骨瘦嶙峋，原本的T恤顯得空落落的。

「周邑……這錢是我自己存的，原本就想拿給你，讓你減輕點負擔，那天是我太過了，可我本意不是那樣……」

「不管妳的本意是什麼，妳的錢我都不會拿。」

「為什麼？」為什麼周邑要在這個點堅持？收下不是很好嗎？

「妳自己也還是學生，這錢不是妳賺的，我怎麼能拿？」

他的話讓趙晴晴一時語塞。

她遲遲點了點頭，將錢收進口袋裡。

他們隔著兩三步的距離，她盯著周邑的衣襬，周邑盯著地磚，各自懷著心事，誰也沒有說話。

廚房傳來咕嘟咕嘟的煮水聲，夏末傍晚還殘留著酷熱，客廳裡只有一支小小的電風扇吱呀吱呀轉動。

她朝他走近，食指勾住他身側的小指，低著頭，拉拉他的手，悄悄抬眼望他。

他的眼角殘留著哀傷，對上她的，輕輕收起小指，勾著。

她再看他一眼，他的嘴角帶著極淺極淡的笑容。

她走進他的懷裡，將頭靠在他的胸膛，那天的事，隻字不提。

他擁抱她的左手腕上，多了一條藍色的繩結。

有時候，有些話，不一定要說出口。

如果真心相愛，就會明白。

趙晴晴正式升上三年級沒多久，周邑搬離了原本的房子，住到學校宿舍去。他忙著準備轉系考和打工，兩人見面的日子不多。

趙晴晴問過他為什麼非要轉系不可？現在這個系不好嗎？

他說總該要念一個自己有興趣的。

趙晴晴莞爾，總之不是壞事。她對大學的生活不甚了解，多半是兩人閒聊時聽周邑轉述。他說學校有迎新，要去外地露營，又說是和外校合辦的。周邑原本就不熱衷團體活動，加上要另外繳錢，他也不想去。

在大學裡，周易平日嚴肅寡言、做事認真，卻也不只是個書呆子，系上的人有時會看到他早晨在操場跑步。除了上課以外的時間，他幾乎不在校內出現，沒有人知道他去了哪裡，也沒有人和他熟到會去問他。

照理來說，他一開學就這麼不合群應該很難融入班上，但是因為他平日裡還算熱心，需要出勞力的地方，從不推辭。加上他最近稍微養胖了點，身體因為勞動練出了肌肉，竟成為女同學眼中的天菜。

這些矚目周邑沒時間放在心上，他的眼裡也容不下別的女人，每天晚上他洗完澡，等到十一點三十分的時候，就必須準時給趙晴晴打電話。趙晴晴總是躲在棉被裡接，兩個人分秒必爭地把握五分鐘的時間說話。

每每都是趙晴晴在說，周邑聽，時間就不夠用了。

這天趙晴晴很興奮地跟他說，她爭取到週末去Ａ大參觀的機會，她已經和她父親說，她想考Ａ大。

Ａ大離家不遠，趙晴晴的父親本來就捨不得女兒到太遠的地方讀書，而且Ａ大還算不錯的學校。由於她父親覺得以趙晴晴的成績要考上任何一個系都很困難，為了鼓勵她能夠加倍努力讀書，答應讓她去參觀一趟校園。

那天原本周邑要打一整天的工，為了趙晴晴難得來一趟，他硬是請了一天的假陪她。

趙晴晴拉著他逛校園周邊的小吃，她問他什麼好吃？周邑也不知道，他沒說，其實他只吃學校餐廳最便宜的菜飯。

他們兩個人合吃一份，把校園一圈都吃遍，周邑很慷慨地結帳，難得她來，他是一定要做東的。

後來趙晴晴吵著要參觀他的宿舍，被周邑以房間內一票男人裸體為由拒絕了。她只好要求他帶她到平日上課的教學樓去。

趙晴晴在周邑平日上課的教室裡找了一個靠後的位子坐下，她看著黑板上還未擦掉的粉筆字說：「我坐在這裡，想像我就是你同學。」

她仰頭對他笑。

周邑牽起嘴角笑，溫柔地揉了揉她的髮頂。

兩人親密的舉動被要去系辦幫忙的同學看到，很快在系學會傳開。

班上對周邑有好感的女孩子本來就多，消息一傳出去，正在準備系上活動的女孩子們都跑出來，想看那個和周邑無比親密的女孩子到底長什麼樣。

突然之間，周邊多了很多探究的人，趙晴晴很快就發現了。

她拉了拉周邑的袖子，用眼神問他是怎麼回事。周邑只是聳聳肩，不置可否。

她察覺到某些打量的、不太友善的眼光，拉著周邑快步離開教學樓，轉往圖書館的方向。

趙晴沒有學生證，照理是不能進去的。周邑刷了自己的證件，偷偷地放她進去。他們不坐電梯，一層樓一層樓慢慢爬，他帶她到圖書館的一角，他說，那是他平時念書的位置。

趙晴晴聞言，拉開椅子坐了下來，她將側臉貼在桌面上，含笑看著他。滿耳的蟬聲，夕陽灑落在窗臺前，樹影搖動，將她的臉照得炫目。他心中一陣悸動，忍不住，彎下腰，輕觸她的脣。

那個吻如蜻蜓點水，卻讓人覺得是此生最美好的一刻。

周邑送趙晴晴去校門口搭車，她甩著長馬尾的背影，輕盈如精靈，他心裡想，如果這就是青春，趙晴晴就是他青春裡最鮮明、最想保存的記憶……

趙晴晴離情依依，巴不得自己下一秒就能考上。她奮力拉開車窗，不忘叮囑他，晚上記得打電話，還有，不准花心。

他們誰也沒有想到，這一天會是他們最後一次開心見面，餘生彼此將成為陌路之人。

事情的導火線是趙晴晴有一個阿姨，某天和趙晴晴的母親通電話的時候，問了她，趙晴晴是不是交男朋友了?那天在A大校門口看到她和一個男生舉止親暱。

趙晴晴的母親掛了電話，立刻把趙晴晴招來，質問她一番。

趙晴晴抵死不承認，她說那是以前的學長，知道她要去A大，特別招待她。

她母親原本就已經對她不滿意，現在又被人這樣一說，氣不打一處來，開口就冷嘲熱諷。

「我跟妳講，妳不要臉，我還要臉！小小年紀跟人家交什麼男朋友？妳跟他上床沒有？」

趙晴晴盯著自己母親，覺得心寒。她就如此不信任她，要把她說得這麼難聽？

「沒有！妳不要這樣對我講話！」趙晴晴抗議，為什麼總要把她想成那樣？

「我怎樣對妳了？妳對我講話也是很不客氣啊！」她母親瞪她，那副樣子像是兩人有著深仇大恨，「妳老實說！你們到底有沒有上床？是不是他拐妳？」

「沒有！沒有！沒有！要我說幾遍！」她原本只是哽咽，後來嚎啕大哭起來，「為什麼我講什麼妳都不相信！妳如果真的關心我，就不會不理我！」

「那是因為妳做錯事！誰叫妳不跟我道歉！」

又來了，問題回到原點。

「我沒有做錯事，為什麼要道歉？」趙晴晴發了瘋似地咆哮。

她父親想勸架，卻阻擋不了兩個女人的脣槍舌戰。

「妳沒把書念好就是對不起我！妳這樣對我大小聲就是錯！」

兩個人爭吵的聲音，整條街都聽得到。

趙晴晴衝進房間，把門重重甩上。

她立刻給周邑傳簡訊，向他求救。

可周邑這時間在打工，並沒有馬上回給她。

趙晴晴的母親找來備份鑰匙，強行進入她的房間，把她書桌上的東西全部翻出來看，包括她以前和梁貞的交換日記。

趙晴晴衝上去阻止她，兩人搶奪著日記本。

「我沒有人權嗎？」她哭喊。

她母親狠狠推開她，趙晴晴重重倒在床上。母親快速翻閱她的日記，沒有在上面找到任何蛛絲馬跡，可她還是大罵：「讀書不讀書，跟人家寫什麼廢話！叫妳爸爸好好教妳，也沒教好！」

趙晴晴的父親原本就比較疼趙晴晴，可他也很怕趙晴晴的母親發火，只在旁邊小聲地勸著，要她不要這樣。

她的抽屜全被翻了出來，衣櫥也不放過。

她母親沒有找到任何趙晴晴談戀愛的證據，想到她的手機便逼她交出來。

趙晴晴原本就有刪訊息的習慣，所以她沒掙扎多久便把手機交出去。

她母親找不到任何一封訊息，可在她的撥出記錄找到唯一一個號碼，立刻打過去，卻沒有人接聽。狠狠剜過她一眼，便拿了手機出去。

趙晴晴覺得這輩子從來沒有這麼絕望過，父母為什麼要對她有這麼高的要求？對她有這麼深的冀望？甚至只要一不合她母親的意，就要冷戰！

她永遠記得，她讀幼兒園的時候，有一次唱跳表演活動，同齡的鄰居被分配到打小鼓，回家之後，趙晴晴很開心地向媽媽分享，那個劉欣兒表現得很好。

可她母親的臉色立刻沉了下來，對她說：「為什麼劉欣兒可以被老師選上，妳不可以？妳有比她差嗎？妳不好好爭取表現，爸爸和我會很不高興，很失望，我們不要這樣的小孩。」

那句話成了她一輩子的夢魘。

直到後來長大了，她知道父親不可能因為她考不好、表現不好，就不要她，可疙瘩還是根深蒂固的存在著。從此她就很害怕母親，更怕自己表現不好，她也曾經逼迫自己去達到那些標準。

可人的能力真的有限。

現在的趙晴晴就像是被長期拉開的橡皮筋，反彈了，也疲乏了。

隔天，趙晴晴去了學校，她拜託梁貞借她手機。周邑的電話號碼，她怎麼可能忘記。

下課時間，她撥給他，電話沒響幾聲就被接起。

那頭傳來周邑刻意壓低的聲音。

「我在上課。」他說。

「我昨天傳給你的訊息，你有看到嗎？」趙晴晴質問他。

「我看到了，妳母親也找過我。」

「……」她找到他了？什麼時候？難道是今天早上？「她說什麼？」

「她問我們是不是在交往。」

趙晴晴呼吸一窒，「你怎麼說？」

「我猜妳會希望我說沒有。」

趙晴晴鬆了一口氣。

「我說我跟妳只是普通朋友。」

「⋯⋯周邑，我手機被我媽沒收了，以後我只能找公共電話打給你⋯⋯」

「不打也沒關係，妳好好準備考試，我有空再去找妳。」

「沒有電話你怎麼找我？」趙晴晴想了想，「⋯⋯這樣吧！你要找我，就給梁貞傳個簡訊。」

「好。」

匆匆掛完電話，趙晴晴拜託梁貞，如果周邑找她，記得要轉告她。

這時候梁貞才知道，原來趙晴晴瞞著大家，私底下跟周邑談戀愛。

「妳還真會藏欸！連我都不知道妳那點小心思！」

「我想妳大概不會想知道就沒說了。」趙晴晴企圖解釋。

「妳說的周邑，是那個大我們一屆的周邑嗎？」

趙晴晴點頭，「拜託妳幫我保密。」

那天之後，趙晴晴每天都以期盼的眼神看著梁貞，可得到的答案永遠都是搖頭。

整整兩個禮拜，周邑都沒找過她，連個訊息都沒有。

趙晴晴也借過手機打給他，總是沒人接聽。

趙晴晴開始懷疑，他是不是想放棄了？

或者他根本已經不喜歡她了。

情竇初開的少女，對愛情總是不夠自信。

被禁足的第二十一天，趙晴晴趁父母不在家，偷偷溜了出去。

她搭車到A大，找了公共電話打給他，周邑沒有接聽。她憑著記憶找到男生宿舍，不知道他到底是哪一個寢室，只能站在宿舍門口傻等，也許他出入的時候會遇到她。

可趙晴晴從天大亮的時候等到了傍晚，都不見周邑的蹤跡。

進進出出的大學生，沒有一個不對她投以好奇的眼光。

她坐在樓梯臺階上，抱著自己的膝蓋取暖，天氣早已轉涼，長時間待在室外，寒氣沁骨。

眼看再不趕回去父母就要回家了，趙晴晴戀戀不捨地站了起來，突然覺得有些恨，為什麼對待感情周邑總是表現得漫不經心？為什麼他二十一天不見她，都不會想她？不跟她聯絡？

難道就因為是她先追周邑，所以他才不珍惜嗎？是不是他根本就不喜歡自己，只因為是她貼上來的，他才照單全收？

心裡太多猜忌，趙晴晴不斷往死胡同裡鑽。

她走出校門的時候，遠遠看到周邑迎面走來，他一個人，兩隻手插在外套口袋裡，嘴裡吐著霧氣。

他也看到了她。他的眼裡盡是驚訝與著急。

「妳怎麼會來這？」

「我來找你。」她沒說自己等了他一下午。

「妳家人知道嗎？」

趙晴晴搖頭，她看了眼手上的表，虛弱地說：「陪我喝杯飲料好嗎？」

她有好多話想對他說。

周邑也按開自己的手機，淡藍色的螢光照在他清俊的臉上，蹙眉對她說：「我現在忙著趕回學校，馬上要開會了。」

「就陪我喝一杯飲料。」她認真地看著他的眼睛，他的臉，他的每一個表情。她都多久沒見他了！現在看起來為什麼覺得這麼陌生？她好像快要不認得他。

「我真的趕時間，不然，妳能等我三十分鐘嗎？就三十分鐘！」他急促地說。

趙晴晴搖頭，她父母已經在回家的路上了。

「那妳先回家，我再聯絡妳。」

趙晴晴在這一瞬間崩潰了。

「不要！」她幾近聲嘶力竭地大喊。

路過的行人陸續看了過來。

她已經不在乎那些人的探究，她不在乎！

「我要你現在就陪我去！」她以命令的口吻，不容他再拒絕。

「我等一下跟系主任有約！真的來不及了！」為了準備轉系的事情，他最近忙得分身乏術。

「你是不是不愛我了？」她小聲地問。

「妳不要無理取鬧。」

「我沒有！我就想知道你到底還愛不愛我？」

「我們之間不是這個問題！」周邑是真急了，說話也大聲起來。

「我要你現在就陪我！」

「趙晴晴！妳知道我從早上到現在都還沒有吃飯嗎？妳知道我一天要打幾份工才能繳學費、吃得飽嗎？妳知道我現在累得跟狗一樣嗎？妳能不能成熟？難道全世界要圍著妳轉嗎？」周邑越說越大聲，語氣裡帶著埋怨和累積已久的憤怒，最後一句話，他用盡全身的力氣，「妳有把我當人看嗎？」

一向好脾氣的周邑這次爆發了，趙晴晴愣怔望著他。

周邑忿忿看著她，把原本埋藏在心裡的話一次全說出來。

打從一開始，趙晴晴接近他，就纏著他抱怨家裡的事。她只在乎自己，在乎自己高不高興，他們之間滔滔不絕的永遠是她，他哪有機會說自己的事？

奶奶過世後，他一個人要獨自操辦喪事、一個人守靈，他日日夜夜思念著奶奶，這些他有找她講過嗎？他知道趙晴晴陷入自己的死胡同裡，哪裡還有多餘的心力去傾聽他的？

她有她人生的難處，他也有。可是他不會一直抓著趙晴晴抱怨，把她當垃圾桶倒，就是因為不想再增加她的壓力！

其實，趙晴晴的父母對她要求高又如何？她母親跟她冷戰又如何？她只需要對自己的人生負責，又不是被逐出家門，三餐不濟！

在他看來，趙晴晴的事都是小事，都是能解決的事。但是他呢？

他的難處她明白嗎？

思及此，他覺得這段感情太沉重。

「這就是你心裡面想的？」趙晴晴對突如其來的抱怨還來不及反應，腦子裡一片混亂。

「對。」

「那我們分手吧！」

不等他說話，趙晴晴就跑了。

寒風嗚嗚，枯木響，周邑站在原地，看著她單薄的背影，沒有追上去。

趙晴晴失魂落魄回到家，父母早就已經在了。趙晴晴掏出鑰匙開門，發現裡面被反鎖，她無力地拍了拍門，只聽見裡頭有走動的聲音，還有父親好言相勸的說話聲。

趙晴晴縮著身體，坐在門口的臺階上，覺得很孤獨、很寂寞。為什麼和人相處這麼難？

交朋友是，交男朋友也是……

分手的話說出口，周邑也沒來追她，她想他們之間是徹底完了。

趙晴晴的父親悄悄開了門，拉她進去，小聲地叫她趕緊躲回房間去，暫時不要出來。

趙晴晴的母親這時候從房間衝了出來，罵他為什麼給她開門，又指著她的鼻子罵她不知羞恥。

倏地，趙晴晴跪在地上，嚎啕大哭。

她放聲地哭，捂著臉又笑了起來。

「妳要我道歉是不是？我就道歉！對！不！起！怎麼樣？妳高興了沒？妳要我跟妳道歉我就道歉，妳稱心如意了嗎？妳還要逼我到什麼時候？」

趙晴晴的母親一臉氣憤，卻欲言又止。不說話，回了房間。

那天之後，趙晴晴試探性的和她母親說話，她開始回應她，冷戰正式宣告結束。

她意識到自己失去了周邑，不想再失去其他人了。

因為她很寂寞、很寂寞。

第三章　在你心裡我是誰？

趙晴晴一直不願意去想這段往事，但是一想起，卻歷歷在目。自己都不知道當初為什麼有勇氣向一個認識不久的男生提議談戀愛，大概是真的太無聊了，花樣年華、又對愛情太過嚮往，所以當作是家家酒一樣，想在一起就在一起。

那時怎麼就這麼衝動呢？

現在倒是失去了那種放手一搏的決心。想認認真真談一段感情反而綁手綁腳，不是不來電就是被人挑三撿四。

這些年，身邊認識的人來來去去，總免不了談起自己的幾段感情經歷，她得到一套結論。成年人的感情就像是婚姻市場裡的商品，從一開始就被世俗劃分等級。成就好又年輕的人在A級，炙手可熱；成就不好、青春無敵和成就好、年紀大的分在B級，還算可以；沒有成就又過了適婚年齡的，自然落到C級……

總是這麼市儈，這麼功利。

她也並非不相信世界上有真愛，只是這麼久了，她還真沒親眼見證過。很奇怪，情侶要告白有千奇百怪的方式，可要分手，總是約在咖啡廳裡。她看了太多太多……

每次她看到女孩在店裡哭泣，就想到以前的她和他。

如果當初的她不那麼任性，可以多想想他的需要，是不是他們就有可能一直下去？這些年來，她只要想起自己過去的嬌縱，就覺得對不起他。

就是因為這樣，十六、七歲那場少男少女的戀愛變成她心中最美、最痛的回憶。

拖著沉重的腳步回家，剛進房間沒多久手機響了。她微醺地躺在床上，看一眼螢幕才接起來。

「趙大小姐，妳真的很不夠意思，明知道今年同學會主辦人是我，還敢給我無視！」

「對不起嘛！我那時還很猶豫……」

「所以呢？妳到底來不來？」

「我……還是不要去吧！」

「妳很多年沒來了……」

「妳知道我不喜歡參加那種聚會。」

「可是大家每年都在問妳啊……」

「是想八卦我吧？」

「妳不要這樣想嘛……老師也有問妳怎麼沒來。」

「我還是不去了，麻煩妳就說我工作忙，趕不回去。至於其他關於我的事，如果有人問，拜託妳不要說，好嗎？」

「好啦！我知道了。那我們另外再約嘍？都半年沒見了。」

「嗯，再說吧！」

時間不早了，梁貞隔天還要上班，兩人草草結束談話。

高中同學會趙晴晴是一次都沒參加過，畢竟她是班上唯一沒升學的人，那時候發生那麼大的事，恐怕謠言傳得厲害，如今去了，說不定又向他們解釋，太累了。現在要她對著別人長篇大論，用想的她都覺得疲憊。

拉開長期緊閉的深藍色素簡窗簾，望出去是各色的霓虹招牌，閃爍著奇異的光彩，將都市的黑夜照得有如白晝。這個世界日新月異，有太多新奇的事物讓人眼花撩亂、汲汲營營。可她一點興趣也沒有……她覺得她的心好像很老、很老了，老得再也走不動，也不想前進。她害怕被外界影響、被刺激，只想躲在自己的殼裡，終老。

隔日是趙晴晴的輪休假，她前陣子和沈淨報名了咖啡師的培訓課程。她只不過晚了沈淨一天報名，兩人的梯次就此錯開，原本她想打退堂鼓，被報名的櫃檯遊說一番，還是心一橫，繳了報名費。

教室在一棟商辦裡，聽說是一家食品公司辦的課程，而這裡的老師就是這家食品公司的主管身兼專業技術教師。

十幾個人分散在一排排的座位上，趙晴晴選了一排沒人的空位，拿出紙巾擦一擦桌子，再整理桌上的器具。

授課時，老師正在臺前講解咖啡的沖煮，大家看一遍再操作一遍。

辦公室改裝的教室，兩邊是落地玻璃，浮雲白日，金色陽光照射在窗外的車水馬龍上反射出一道道灼眼的光線，玻璃隔離住窗外的喧囂，靜謐的午後只有攪拌滾水的敲擊聲，清脆悅耳。計時器倏地打斷這片寧靜，趙晴晴整個人晃動了一下，連忙把計時器按掉，拿起溼布朝瓶身擦，煮好的咖啡沖了出來，盈滿整個咖啡壺，她將虹吸煮出來的咖啡倒在杯子裡，看著深褐色的波紋晃動。

她舔了舔嘴脣，怕燙，想等涼一會兒再喝。

突然一隻手伸過來，提起杯耳。她順著那隻手看過去，是授課的老師。

他啜一口咖啡，皺了皺眉，「攪拌不夠確實，恍神了？」

趙晴晴不好意思地點了點頭，老師點了火，在她面前重新煮一次，邊講解給她聽。

「看清楚攪拌的手勢……要這樣……記住每次的時間……要確實，漏了步驟人家都喝得出來。」

待他煮好咖啡，給趙晴晴倒了一杯。

趙晴晴端在手裡，抬頭看了看站在身邊的男子。

「不喝喝看嗎？」

「我怕燙，放涼點再喝。」

他隔著鏡片的眼睛一彎，對著她微笑，彷彿還想說些什麼，其他學員突然呼喚著老師，很急的樣子。

他對她點了點頭，便過去處理其他人的問題。

趙晴晴將稍涼的咖啡送進口裡，味道香醇，口頰間似乎有一點堅果的氣味，真是很好的咖啡豆！被她拿來亂煮真是浪費了。

上完課，趙晴晴正準備要走，老師從後面叫住她，她回身過去看，他正被一群人包圍其中，他說：「大家說要去吃火鍋，妳去嗎？」

趙晴晴沒有猶豫，搖搖頭，對他歉然一笑，就離開了。

搭電梯出了商辦大樓，瞇著眼抬頭，明明是盛夏時節，一整排的行道樹卻形同枯枝，不知道是不是空氣汙染過度的緣故？

她提起腳步往公車站的方向去，後頭傳來一陣急促的跑步聲，她好奇回頭一看，是老師。

她想，是不是自己忘記了什麼？

正想開口問，他搶先說：「趙晴晴，妳打算考咖啡師嗎？」

她想了幾秒，點頭。「嗯，想試試看。」

他追上來問她這個做什麼？

「這個梯次的學員都是退休人士或者家庭主婦，想要消磨時間才來上課，所以我上課的內容比較隨性。」說到這裡，他停頓下來，微笑的看著她，「如果妳想考咖啡師的話，建議妳上課坐在前排，有問題可以隨時問我，我也可以直接教妳。」

趙晴晴雖然不矮，可是老師的身高比她更高，她還是要抬頭看他，這樣望過去，她覺得老師的眼睛好像兩顆腰果。

想到這裡，她也笑了出來。

「謝謝，我知道了。」趙晴晴覺得這個老師教學真是認真，還擔心她學習得不夠！

「班上的同學要一起聚餐，妳真的不去嗎？」老師問她。

「我今天還有事，下次吧？」不僅僅是錢的問題，她實在沒有辦法面對這麼多人吃飯，那會讓她很緊張。

「好吧！那就下次。」

只是趙晴晴沒想到她說的下次，日子竟然隔得這麼近！

隔天，趙晴晴下了班，在家附近的便利商店買茶葉蛋。上次一時失去理智，多買了兩瓶啤酒，害得她這個月剩下的幾天必須縮衣節食。

她選了兩顆滷得入味的茶葉蛋，還故意看有沒有比較大顆的，旁邊有人走過來也沒在意，畢竟填飽肚子比較重要。

突然有人說：「這麼巧，在這裡遇到妳。」

趙晴晴一轉頭，就看見教煮咖啡的老師站在她旁邊，依舊是微笑的臉。

趙晴晴很有禮貌地向老師打招呼，她在腦中搜索這位老師到底姓什麼來著？

「呃……老師好。」還是想不起來，反正叫老師準沒錯。

他看著趙晴晴手中拿的東西，又想到現在的時間，「買……晚餐？」

趙晴晴尷尬地笑了笑，「我……買點配菜！」她想自己真是好反應。

他摸了摸滷茶葉蛋的鍋子外側，「這茶葉蛋在這裡不知道保溫多久了，如果長時間在保溫狀態，很容易滋生細菌，吃了……其實不是很健康。」

趙晴晴很想抽嘴角，告訴他，她這餐只能花二十塊，請問她能吃什麼？

她捏著手裡的塑膠袋，一邊腹誹，一邊猶豫。

「這樣吧！我剛好要去附近一家做法很健康的自助餐店，不介意可以一起吃？」

趙晴晴想，他大概是誤會她在減肥了……

「不用了老師，我就是圖個方便而已，我這次吃完，以後就不吃了，可以吧？」趙晴晴開口一個老師，閉口一個老師，其實這男人和她年紀相差不大，可老師、老師叫起來，不由自主地叫人畢恭畢敬。

他看著她，過了幾秒的時間，突然改口道：「方便的話，讓我請妳吧？」

「不用了！不用了！」這怎麼好意思呢？他們兩個除了師生關係，可是一點也不熟啊！

「是這樣的，我剛好也有點事想麻煩妳，我們邊吃邊說吧？對了！我姓李，李初見，初次見面的初見。」

「好、好特別的名字。」趙晴晴聽見對方有事情拜託她，只好放下手中的茶葉蛋，跟著他一起走。

自助餐店在一條小小的巷子裡，沒有顯眼的大招牌，可是窗明几淨，看起來挺衛生的。

餐臺上沒有標價，她不知道自己能夾些什麼。讓人家請吃飯，也不能總挑貴的點。她想了想，夾了一樣青菜和一顆荷包蛋，又點了一碗白飯。

李初見走過來，看到她的餐盤，轉過身，在身旁的餐臺上夾了一隻大雞腿給她。

趙晴晴連連道謝，心想，被人家請了隻大雞腿，這下子要要求她做什麼都不能拒絕了。

兩個人找位子坐下來，趙晴晴還沒動筷子，就急著問他：「請問要拜託我什麼事？」

「是這樣的，這個教學班我一共負責了兩班，就是妳們這班和前一個時段的另一班。這兩班中間的休息時間不長，我這個月剛好比較忙一點，可能趕不回來，想請妳擔任類似班長的工作。」

她大概懂他的意思了，在趙晴晴的認知中班長就是吃力不討好的工作，難怪說要請她吃飯，不過她想，應該也不會是太難的事情，「那我需要做什麼？」

「如果上課時間已經開始，我還沒有進教室，麻煩妳幫忙帶一下他們，複習上一次上課的操作。」

「喔！可是我不確定我夠不夠資格帶大家做。」

「其實也沒什麼，就是請大家操作，然後你自己在臺上也做一遍，提醒一下忘記步驟的人。」

她點了點頭表示同意，才開始放心用餐。

「妳住這附近嗎？」他問。

趙晴晴嘴裡大口嚼著雞腿，她好久沒吃肉了……只能用點頭回答他。

「真巧，我也住這附近，妳住哪？」

趙晴晴好不容易嚥下一口肉，趕緊說：「對街巷子裡面。」

她覺得他們不算相熟，不想曝露太多，要提防著點。

「喔！我就住在這間餐店的樓上。」他笑。

趙晴晴每次看到他笑起來瞇瞇的眼睛就覺得渲染力十足，自己的嘴角也忍不住上揚起來。

「難怪店面這麼隱密你也知道。」

「那當然，因為這店就是我父母開的。」

趙晴晴停下手中的筷子，張著嘴，痴呆地看著他。

他怎麼不早說！

她左右張望，果然發現剛剛算錢的老闆一直看著他們這邊。

即使他們之間只是單純的師生關係，她覺得在不知情的情況下，被別人注視著，還滿奇怪的。

「你在自己家吃東西還付錢？」

「當然啊！我都出社會了，還帶朋友來吃東西，難道不應該付錢嗎？」

他這麼說，好像也不是沒有道理。

趙晴晴轉頭，慎重地向投射過來的目光打招呼。

算錢的老闆果然走了過來。

「歡迎！歡迎！慢用！」

「謝謝……」

「想吃什麼可以隨便拿！我一直說不用收錢，我們阿見一直說要，妳不要管他，愛吃什麼吃什麼。」

趙晴晴尷尬地點頭，順便解釋一下，「你好，我是李老師的學生。」

「好、好！」

李初見的父親如此熱情，讓趙晴晴有些尷尬，剛剛她把注意力全放在餐臺上，根本沒去注意周遭的人事物。

李初見將父親支開後，兩個人才又重新拿起筷子用餐，她想趕快結束這尷尬的一餐，很快就吃完了。

李初見沒吃多少東西，看她吃完，便接著閒聊下去。

「妳怎麼會想考咖啡師？」

「其實我跟我朋友一起報的，可是她在另一個梯次。我們都在咖啡廳工作，就想，如果能考上咖啡師，對將來換工作會比較有幫助。」

「來這邊學習的年輕女孩子多半都是對咖啡很有興趣的，有的人是因為愛喝，也有的人是因為想考張證照。」他點點頭，覺得趙晴晴來上課的理由就跟大多數的人一樣，「我們公司在國內的市占率有六成，說不定你們店裡用的還是我們的咖啡豆呢！」他微笑。

「不知道，我沒注意。」

「上次上課煮的咖啡，妳有喝出什麼感覺嗎？」他一臉認真的樣子。

「感覺？」趙晴晴看著他，也認真回想起來，「咖啡味很濃郁，很香醇，好像有堅果的味道？」

「妳的味覺很靈敏。」他下結論，「有的人喝了一輩子咖啡還喝不出咖啡裡的細節。」

趙晴晴被他誇獎，有點開心，難得的被人肯定。

「我不知道我味覺到底算不算靈敏。」她從來沒注意過這個。

「好咖啡除了豆子本身，還有烘焙的技巧、煮的器具都有很大影響。妳學煮咖啡那只是學習龐大咖啡系統裡面的下游知識，如果有興趣，妳還能學著自己挑豆子、烘焙豆子，還滿有趣的。」

「老師很喜歡咖啡吧？」她看到他講咖啡的時候，眼裡散發的光彩，很耀眼，很有自信。

「不要叫我老師，我們都幾歲了，老師、老師地叫，好像回到小時候，很有壓力！叫我阿見就可以了。」他笑。

趙晴晴覺得這個人說話很溫柔，慢慢的、輕輕的，讓人有如沐春風的感覺，談起話來很開心。

「喔！阿見……」趙晴晴覺得尷尬，她很久沒有這麼自來熟過了。

「我們還有很多這種課程，如果有開課，有興趣可以再報名。」

「原來是在替公司拉客人啊！」她突然很想開玩笑。

「哈！」李初見又露出那兩顆彎彎的腰果眼。

兩個人又聊了好一會兒，趙晴晴主動告辭，他送她到巷子口，不忘提醒她，別忘了他拜託的事。

趙晴晴心想，這個李老師真是個好人，也還算健談。

回到家，她打開電腦想查查看李初見說的那些課程，突然口袋裡的手機跳出訊息。

她掏出來一看，是梁貞發給她的。

現在還是梁貞的上班時間，恐怕是上班到一半匆忙發給她的，因為訊息上只有一行字，滿滿的驚歎號。

我看到周邑了！！！！！

趙晴晴沒有意外，上禮拜她早就見到他了。她把螢幕關掉，不想回應。

她專心地在搜尋引擎搜尋咖啡豆相關的課程，搜尋結果一條條橫列在螢幕上，她卻一個字也看不進去。

一瞬間，她刪除關鍵字，在鍵盤上又敲了幾個鍵，動作很快，一秒的時間搜尋出好幾頁的結果。

周邑！周邑！

她盯著螢幕上的名字，一條一條地看，都不是他。

周邑！周邑！

原來這個世界上叫周邑的人這麼多。

每一個都不是她找的周邑。

她想到，周邑公司的名字，又改了搜尋，在公司的網頁上看了又看，都沒有周邑的消息。

她關掉網頁，呆愣在那裡。

她問自己，到底在幹什麼？為什麼要搜尋他的名字？為什麼想知道他的事情？都分開這麼久了，他不再是她記憶裡的少年，她也不是那個當年的少女。

歲月磨礪了他們，她變了，他一定也變了，沒人能像十年前的自己，一切都回不去了。

她在期待什麼呢？

現在周邑在她心裡的模樣，只不過是一個過去，一個幻想出來的人罷了。

自從那天在店裡遇過周邑一次，之後趙晴晴再也沒遇過他。原本她還在煩惱兩個人工作的地點這麼近，萬一常常遇見該如何是好，如今想想，還真是自尋煩惱。

周邑應該也是怕尷尬的吧？

趙晴晴倒在床上，腦海裡不斷出現周邑的臉，有以前的也有現在的，還有他對她說過的每一句話，那些事情好像昨天才發生過一樣，一眨眼已經過了十年，不管是好的還是壞的回憶，都讓她介懷。

隔天趙晴晴頂著大熊貓眼上班，差點遲到，她在心裡暗罵自己愚蠢，為一個已經成為陌生人的前男友糾結什麼?她和已經在櫃檯的沈靜打招呼，趕緊打卡。

沈淨在上次的聯誼中認識了對象，兩個人互相交換電話和通訊軟體，正如火如荼曖昧中。

趙晴晴在櫃檯調果汁，轉頭就看見沈淨一臉花痴的樣子，忍不住調侃她。

「看妳那一臉花痴樣，怎麼，這次真的遇到真愛了？」

沈淨看她一眼，眼中有小女兒的嬌羞態，趙晴晴誇張地抽了抽嘴角。

「我這叫享受曖昧懂不懂！」

曖昧啊？

細數她的人生，她好像這輩子還沒跟誰曖昧過……

「為什麼要享受曖昧？那不是很痛苦嗎？」

沈淨嘖了幾聲，搖頭看她，「都說叫妳趕快談戀愛了，妳看看妳，竟然連曖昧都不知道！」

趙晴晴假意地歉然一笑，「真是對不起喔！我就覺得曖昧太累人了。」

「一整段愛情裡面最精華的就是曖昧期好嗎！」沈淨頓了一下，又滔滔不絕地說：「那種猜他喜不喜歡妳，又期待他下一步找妳什麼事的感覺啊！既刺激又讓人心跳不止！」

她好像懂沈淨的意思，卻還是故意潑她冷水，和她鬥嘴，「心跳本來就不會停止，什麼叫作心跳不止。」

「對牛彈琴啦！等妳談戀愛就知道了。」沈淨白她一眼，又問她：「我們認識也這麼久了，為什麼從來沒看過妳戀愛？沒人追妳嗎？」

沈淨對這件事實在太好奇，趙晴晴長得很漂亮，尤其皮膚白皙，正是亞洲男人最喜歡的那種一白遮三醜的類型。聯誼趙晴晴也跟著去過兩三次，為什麼總是不見她對誰動心過。

趙晴晴抿了抿嘴，又想了想，「就……沒有遇到喜歡的人吧！」

「其實也不一定要有喜歡才開始啊！妳多給人家幾次機會，也給自己一個機會，相處幾次，說不定妳會發現其實對方不錯。很多感情都是還沒開始就被外貌抹煞的，妳……不會是外貌協會吧？」

趙晴晴搖頭，「我不是，我現在沒有很想談戀愛，一個人生活，很好。」

沈淨無語，瞪大了眼睛看她一眼。趙晴晴手上的果汁調好，送到座位上去給等待的客人。

她的眼睛不自覺地往門外飄，行人來來往往，她瀏覽過每一個背影，每個人都行色匆匆，有時候驚鴻一瞥看到熟悉的背影，她就無法移開眼睛，等待那個人轉身，然後看到那半張臉，發現是不認識的人，再心虛地移走目光。

她不知道自己在期待什麼，明明很怕，卻又期待。

知道那個人也在這個城市的某個角落生活，讓她平靜無波的心起了陣陣漣漪，心煩意亂。

今天的天氣很好，路邊的蓊鬱隨風搖曳，樹影斜倚在淡紅色地磚上，沒有客人的時候，她就盯著外面看，像是在等待。等待那個人出現，哪怕只是一瞥，只要讓她看一眼，一眼她就滿足了。

用餐時間，她又開始忙碌，然後投入在這些忙碌裡，逼自己什麼都不要去想，世界上哪有什麼心想事成，她自嘲。

沈淨接到外送的電話，說是樓上的公司訂的，兩個人照著訂單調製咖啡和飲料，趙晴晴猜想，這裡面會不會有一杯是他的？

每一杯她都很用心。

裝好袋之後，沈淨問她誰去送？

趙晴晴故作輕鬆狀推沈淨去。

好不容易抓到打混摸魚的時間，沈淨很樂意地去了。

混了半個鐘頭回來，趙晴晴小心觀察她的表情，期待她會說些什麼，可是沒有，沈淨把錢交回收銀機，就去做自己的事。

趙晴晴的心有小小的失落。

她不知道自己怎麼了，是不是戀愛經驗太少，所以對那唯一一次戀愛這麼耿耿於懷，念念不忘？為什麼要這麼患得患失？

她知道，當年他們之間只是單單純純的小孩子的感情，連非誰不可的那種堅定都沒有。過了這麼多年，實在不應該還存有幻想。

下了班，和沈淨告別，她去了超市。領薪水之後，她要補滿自己的冰箱。

她在肉品區來回踱步，考慮要買梅花肉還是里肌肉。

旁邊突然有人對她說：「好巧。」

她扭頭一看，是穿著西裝，剛下班的周邑。

這陣子以來，心心念念的人突然出現在自己眼前，趙晴晴的心臟緊緊縮了一下，倒抽一口氣，明顯被他嚇了一跳。

她沒有說話，尷尬一笑，對他點頭打過招呼。

「買晚餐？」

趙晴晴愣愣點頭。她注意到周邑手上的籃子裡已經放了一些肉和青菜，她自己卻還提著空籃子。

趙晴晴尷尬地拿了一盒肉片丟進籃子裡，說了聲再見就要走。

她快步走到櫃檯結帳，將唯一一盒肉放在桌上，周邑竟然跟了過來，在她對面的櫃檯結帳。

她想她東西少，應該會比他快，沒想到收銀機突然沒了發票，要她等一等。

她用眼角餘光瞄，結完帳的周邑朝她走了過來。

「妳去對面結吧？那邊比較快。」

趙晴晴大概是對周邑的出現太過驚訝，根本沒想到，聽了他的建議才呆呆地拿過去對面。

周邑陪她結完帳，兩個人並肩走出超市，趙晴晴很不安。她在人行道上站定，抬頭對他說：「那我先走了，再見。」她覺得就算做不了情人，還是應該好好說話的。

周邑看著她，好像在想什麼，開口道：「妳住這附近？」

趙晴晴點頭，周邑見她沒有打算說下去的意思，便指了指自己身後，「我也住這附近。」

趙晴晴又點頭，她盯著他襯衫的一顆扣子，心裡很亂，太多過去湧入腦海，既熟悉又陌生，她不知道自己該對他說些什麼。

「妳搬家了？」他試探性地問。

趙晴晴勉強提起嘴角笑了笑，不知道該怎麼回答，而且好像也沒解釋的必要，完全沒有注意到周邑問話裡的奇怪之處。

「妳的電話多少？」他掏出自己的手機。

趙晴晴不想給，可是看到他拿出手機認真輸入她名字的樣子，她不知道該用什麼理由拒絕。

他還想把她當朋友，不是嗎？

趙晴晴報了一串數字，不給似乎就矯情了。

他輸入完，按下通話鍵，趙晴晴的手機響了起來，她慶幸自己給的不是假號碼，不然就尷尬了。

趙晴晴朝他擺擺手，表示要趕快回家，不等他說話就走了。

他們第二次遇見，周邑還是表現得一副波瀾不驚的樣子，彷彿他們十年前什麼也沒發生過一樣，只是久別重逢的老朋友。她在想，他是不是已經忘記那些事了？只剩下她自己在糾結。

趙晴晴不知道現在心裡的感受是失落還是鬆一口氣，如果他用十年甚至不到的時間就能輕易把她忘記，那她呢？

為什麼她忘不了？

她到現在還會偶爾想起那個午後的吻，他說話的神情。

自己當年對他不夠好，分手也是她提的，趙晴晴心裡一直有愧，如果他能不埋怨、不記恨她，就算忘了他們的事，那也是好的，她自我安慰地想著。

她走到路口，走過了斑馬線，想到剛剛一時匆忙東西根本沒買齊，又想繞回去，把該買的東西買一買。

一回頭，看見周邑還站在原地，哪也沒去。

他像是驚訝她突然轉頭，眼神有些不自然。趙晴晴也沒想到他還在那裡，有些尷尬地朝他一笑，又往反方向去。

他在看什麼？

看她嗎？

她勸自己不要自作多情。

商店前灑落一地的月光，失去的歲月就該被深深埋藏。

她從口袋裡掏出手機，周邑的未接來電躺在手機裡，她瞥過一眼。

那串數字如此熟悉。

物換星移，她早已換了門號，而他還把那串尾數是她生日的號碼留在生命裡。

周邑沒有想到趙晴晴會突然回頭，著實嚇了一跳，他當時看著她的背影，竟想起了十年前那個女孩的身影，是那麼活潑、那麼靈動。過了十年，她已脫去稚氣的嬰兒肥，瘦了一圈，看起來像個成熟女人了。

他從來沒有想過還會在這座城市遇見她，再見她時，他是驚訝的。在他們都很青澀的年紀裡，趙晴晴是不可抹滅的記憶，當時的他們各自為自己的煩惱掙扎，可畢竟都太年輕，不懂得體諒彼此，最終傷了對方的心。

他記得最後一次見面對她說的話，記憶猶新。他後悔自己對她說那些，雖然說的都是心裡話，但現在回想起來，自己當初不應該對她這麼苛求，趙晴晴是在富裕環境下長大的天真女孩，這輩子還沒遇過挫折，沒經歷過生離死別，他怎麼能夠怪她不懂他？

直到趙晴晴的背影完全消失在黑暗裡，他才往家的方向走。

從她的反應看起來恐怕還是怕他的，當時的事應該造成了她的陰影。他想，如果可以，他們繼續做朋友也沒什麼不好，畢竟他們兩個都在外工作，互相幫助也是應該的，如果她不排斥的話。

隔日趙晴晴上班的時候，樓上又打電話來訂飲料。這次是員工親自下來取的，是一個很漂亮的女人，看起來和她們差不多歲數。

她結完帳，拎了裝有十杯飲料的袋子要走，趙晴晴不知道她提不提得動，正想問的時候，對方的手機響了。

她一手吃力拎著袋子，另一手拿著電話，走得比較慢，趙晴晴聽見她喊了聲周邑，接著巧笑倩兮的神情，忍不住多看了她幾眼。

是很有自信、風采的女人。精緻的妝容，合身的套裝，精明幹練的職場女性。

那人已經走遠，沈淨見她還望著出神，用手頂了頂她，「看什麼呢？」

「沒啊！覺得她很漂亮。」

「妳長得也漂亮啊！」沈淨說。

趙晴晴搖頭，「她的那種美是散發著自信的，讓人移不開眼睛，如果我是男人，一定會想追她。」

沈淨笑笑，「可惜妳不是男人。」

兩個人都沉默，繼續投入工作。

日子過得很平靜，她們排休假的時間去上課，其餘的時間就上班。以往兩人下了班還會出去吃吃飯、逛逛街什麼的，但沈淨最近開始和曖昧對象約會，和趙晴晴一起的時間更少了，她覺得自己變得更加孤獨。

排除因為升學和家裡鬧翻的日子，趙晴晴從小一直是父母捧著的掌上明珠，家裡雖然只有三個人，也還算是熱熱鬧鬧的。

如今一個人在A城生活，下班沒了沈淨，還真生出了點孤寂感。

她不想回家一個人待著，便在商城裡轉著，打算逛到快閉館再走。

這商城離她工作的地方，走路二十分鐘能到，沈淨和她都喜歡來轉轉，即使買不起，逛逛也是有趣的。

她想到上次上課的時候，李初見送了她一包不錯的咖啡豆，現在是不是應該買點什麼回送給他？

想著就走到一旁賣生活雜貨的店裡，東看看西看看，不知道他會需要什麼？

她覺得他們不算太熟，送差不多價格的就可以了，便挑了一個多功能筆筒，想說送個比較實用的，萬一他辦公室已經有了，也可以放在家裡。百貨商城裡賣的雜貨都是日本進口，做工非常精緻，上面的圖案栩栩如生，她覺得送人也不會失禮，便拿在手上。

轉過身的時候，她看見周邑和那個之前來店裡取過飲料的女人並肩走在一起，有說有笑地從門口經過。她走到門口，看著他們的背影，覺得兩人看起來很般配，周邑的手上還提著一大袋東西，就像是認識很久的情侶。

趙晴晴心想，周邑果然已經把她忘記了。

又一次上課的時候，趙晴晴趁著下課沒人，把店家幫忙包裝好的筆筒送給了李初見。

「這是上次咖啡豆的回禮。」她微笑著說。

「何必這麼客氣，我送豆子給妳，是我剛好拿到好豆子想分妳一點，也不是多貴重的東西。」李初見沒有伸手去拿。

「我送的這個也不是什麼貴重的東西，就是一點實用的小文具而已。」

「妳這樣客套，我以後都不敢送東西給妳了。」

趙晴晴還是把手上的東西往他手裡塞了塞。

李初見迫不得已只好接下。

「妳知道嗎？有時候人家送東西給妳並不是一定想要拿到什麼回報，就只是單純想到有一個人可能會喜歡，就順手準備了。妳這樣慎重，反而讓人覺得客套又疏離，有一種拒人於千里之外的感覺。」

趙晴晴難為情地笑了笑。李初見說得不錯，偶爾有人給她東西，不管是不是貴重，她總想著要回給人家什麼，不送點東西回去的話，她就會一直惦記在心裡，覺得自己欠人家人情。

都說人情是最難還的，她不想一直惦著自己欠別人什麼，那會有心理負擔。這已經不是第一次有人說她疏離了，沈淨也說過她一次。

那時候沈淨說她總是一副冷冷的樣子，若是和她不熟的人，肯定會以為她很冷漠。她也不知道自己什麼時候變成這樣的，冷淡在這幾年好像變成她的保護色，她覺得這樣比較有安全感。如果對人太過熱情，她很怕就變成熱臉貼冷屁股的局面。趙晴晴不知道哪些笑容是真心的，哪些人是真正關心她。

收拾了東西，她神色淡淡地向李初見告別就走了。回了家，接到梁貞的電話，說下星期要來A城找她一天，答應過後兩個人又閒聊起來。

「我上次跟妳說我見到周邑了。」

「嗯，我知道。」

「妳……不好奇嗎?」梁貞試探地問。

「他現在就在我們店樓上上班。」趙晴晴淡淡地說。

「太巧了吧!那……你們有沒有……」

「就像許久不見的朋友寒暄那樣而已。」她自己先說，否則梁貞又要亂猜。

「妳還喜歡他嗎？」梁貞以為趙晴晴這麼久沒談感情，是不是心裡還有周邑？

「……沒有。」他們不合適，喜歡也沒用。

「那要不要給妳介紹對象？我們公司有一個還不錯的男生。」梁貞從來不過問趙晴晴的感情事，但是她最近交了男朋友，增添了幸福感，也想趕快給趙晴晴找個男人陪伴，不然她一個人好像太孤單了。

「不用啦！我自己會看著辦。」如果和梁貞說不想交男朋友，她一定又要說一堆曉以大義的話，不如不說。

「好吧！下禮拜見！」

收了線，趙晴晴翻到通訊錄，看了看那串電話號碼，想一想，還是刪掉好了。

這個星期日趙晴晴要輪班，一大早進了店，生意就一直很好，絡繹不絕的人潮裡，她看到穿著休閒服的周邑。

她覺得奇怪，都放假了他還來幹麼？加班嗎？

其他服務人員帶著他找了個位子坐下，他抬頭看了一眼櫃檯，和趙晴晴打招呼。

知道他有對象之後，趙晴晴像是釋懷了些什麼，告訴自己不能再對他有任何特殊的情感，面對他也就自然許多。基於友誼，她請他一杯飲料，親自端過去。

「請你的。」

「謝謝！」

「要點餐嗎？」

「好啊！妳就幫我點妳推薦的就好。」

他抬頭朝她笑，讓她想起曾經的一個畫面，那雙大眼睛。

趙晴晴回去工作，時不時瞥一眼周邑，他悠閒地用完餐，翻看著自己帶來的書。

店裡翻桌率很高，實在忙不過來，趙晴晴正忙著整理上一輪客人待收拾的桌子，她兩隻手都疊了好幾個盤子，盤子上還疊著杯子，在繁忙的時候必須這麼做才有效率，避免來來回回穿梭，這是她工作多年的經驗。

趙晴晴兩手托著盤子，走道上，突然迎面跑來兩個追逐的孩子，撞到趙晴晴的身側，她手上拿著東西原本就不穩，這麼一撞，她下意識想護住手上的東西，往前一撲，跌在杯盤狼藉裡。

巨大的破碎聲響傳來，整間店裡的人都沉默了，大家轉頭過來看著趴在地上的趙晴晴。她吃痛地想從地上爬起來，兩隻手掌傳來劇烈的刺痛，剛剛那麼一撲，碎玻璃插進她的手掌裡。

她捂著兩隻手，眼淚快要掉下來。

其他服務生衝過來，有的拿了掃把，有的拿著拖把過來善後，沈淨先過來扶趙晴晴，關心她有沒有事。

突然一個婦女出來拉住那兩個孩子，手不停抽著孩子的屁股，大聲責罵他們：「讓你不要跑還跑！看吧！我看你怎麼賠！」

其他服務生秉持著服務業的精神，當然是一直說沒關係，也沒要對方賠的意思。

可趙晴晴兩隻手鮮血淋漓，那兩個孩子和家長也不敢過來看，只是遠遠地說了句對不起，問她要不要看醫生？

趙晴晴的手傷成這樣，是一定要去醫院處理的，可是現在店裡面這麼忙，她怎麼有時間走開？

孩子的家長自願說要送趙晴晴去醫院，醫藥費他們會負責。

「我帶妳去吧！」周邑走過來，站在趙晴晴旁邊，「我是她朋友，我陪她去，請你們顧好自己的小孩，只出一張嘴叫他們不要跑，難道他們就會聽嗎？你們留個電話，等確定她傷好了，再把醫療收據一次性給你們。」

孩子的家長尷尬地留了電話，其他人忙著整理，周邑扶著趙晴晴要去就醫。

趙晴晴看著滿手的碎片，這恐怕不是自己能處理得來的，她死命咬著嘴脣忍住手上的疼痛，只能跟著周邑去。

「你、是不是在加班？還是我自己坐車去？」趙晴晴虛弱地問。

「我沒加班。」周邑表情嚴肅。

趙晴晴不敢再說話，不知道他在氣什麼。

到了鄰近醫院，周邑帶她去急診，醫生看了看她的手，讓護士先幫她消毒手上的傷口，再準備挑去傷口中的玻璃。

「會有點痛，忍耐一下。」

趙晴晴坐在位子上，閉著眼睛，慘白的臉，伸出兩隻手，像待宰的羔羊。

醫生開始動作，她扭過頭，緊閉眼睛不敢看，有淚光從眼角溢出來，她告訴自己不能哭，都多大的人了，丟臉。

突然，臉上一陣溫熱摩娑，她微睜開眼睛，是周邑站在她身邊抱住她的頭。趙晴晴的高度剛好在他的腹部，就把臉埋在那裡。

他輕輕撫著她的髮頂，安慰她。

倏地一陣酸澀，她忍不住，將臉埋在他懷裡哭。想起以前剛認識的時候，她最討厭他摸她的頭，後來卻是喜歡得不得了，他的手好像有魔力，能讓她瞬間就變得脆弱。

玻璃細碎，挑了大半個鐘頭才把兩隻手挑乾淨，接著趙晴晴的手被包成兩顆大饅頭。

周邑付了醫藥費，趙晴晴不好意思，想從包裡掏錢，可手上動作遲鈍。

「別忙了，這收據我收著，到時候幫妳向那對夫妻求償，還有妳不能上班的損失也一併要他們賠。」

趙晴晴點了下頭，要她去開口求償，她覺得很有心理壓力，如果有人願意代她處理，她覺得比較安心。

「不好意思，麻煩你了。如果你忙……我可以自己做。」

「沒關係，這些事情我處理過，我來吧！」

趙晴晴跟著他去領藥，又去了趟藥局買紗布等消毒用品，出了醫院，周邑問她家裡的地址。

趙晴晴老老實實地回答。

她跟著周邑上車，規規矩矩坐在位子上動也不敢動，剛剛匆忙沒有仔細看，現在才發現，車內整理得非常乾淨，一點垃圾也沒有，後視鏡掛著一條藍色的繩結。

趙晴晴盯著那條已經陳舊不堪的繩結，很明顯的因為斷掉了，被他綁在後視鏡上，只剩短短的一節，不仔細看很難發現。

那是那年情人節她送給他的。

當時他們吵架，她負氣丟在垃圾桶裡。

後來不知道為什麼，竟又回到他手上。

人們說這種繩結可以許願，如果繩結斷了，願望就能實現。

周邑發現她的目光，淡淡地笑了。

「這繩結……斷了？」趙晴晴轉頭看他。

他保持著微笑握著方向盤，看了她一眼，點頭。

「你當時有許願嗎？」

「有。」

「什麼願望？」

「祕密。」

「那願望實現了嗎？」

「嗯，實現了。謝謝妳送給我這麼好的東西。」

被他這麼一道謝，趙晴晴呵呵笑了，原本車內的尷尬氣氛瞬間煙消雲散。

到了趙晴晴家樓下，她想向他道別，可周邑搶先一步開口：「我跟妳上去。」

第四章　那些被深深埋藏的

他拎著她的包先下車，又過去幫她開車門。

趙晴晴硬著頭皮下車，兩個人爬上公寓頂樓，她站在門前，很為難。

周邑問她鑰匙在哪裡，趙晴晴抿著嘴，像是快哭出來的樣子，用包著大紗布的右手指了指，他找到鑰匙就要替她開門。

趙晴晴走在前面，走得很慢。

周邑很意外趙晴晴住在這樣的房子裡，頂樓加蓋冬冷夏熱，而且很不安全。

趙晴晴熟悉地用手背按燈的開關，她慢慢抬眼，用眼角覷著周邑，果不其然，他的表情……

周邑緩緩倒抽一口冷氣，極力佯裝鎮定。

房間就像一般沒有隔間的普通出租房，一眼望去，房間裡有張單人床和小茶几，簡陋衣櫥緊挨著一臺很普通的電視。可是單人床上鋪滿衣服，看不出來是乾淨的還是穿過的。茶几上有用過的衛生紙和裝過食物的塑膠袋，不知道已經擺了多久。衣櫥門大開，裡面只吊了三件衣服。地板完全看不出來乾不乾淨，因為趙晴晴把紙袋和塑膠袋全丟在地上，還有到處散落的書和雜誌。

趙晴晴面紅耳赤地用腳踢開地上的東西，為周邑開出一條路。

周邑沉默地跟在她後面，趙晴晴站在床邊，頭低低的，沒說話。

周邑把她的包放在旁邊，接著叮嚀她記得四個小時後要吃藥。

她點點頭。

「我……以後每天下班過來幫妳換藥好了。」他說。

「我可以請我同事幫我。」她小聲地說。

「妳同事住這附近嗎？」

趙晴晴遲疑了一下，是不近但也不遠。

「沒有我近的話，還是我來吧！」

「我怕麻煩你，而且……你女朋友可能會介意。」

「花不了太多時間。我沒有女朋友，別擔心。」

她的頭垂得更低了，腦子裡突然湧入太多訊息，很複雜。

「妳先躺著休息吧！」

趙晴晴看了看床有點為難。

「怎麼了？」周邑看她的樣子，以為她是因為床上太亂，找不到地方睡，就動手幫她把床上的衣服撥到一邊去。

「我……想要……先洗澡。」

「可是妳的手。」周邑看了看她的手，「妳有那種裝食物的透明塑膠袋嗎？」

趙晴晴點頭，讓周邑從抽屜裡找出兩個乾淨的透明塑膠袋。

周邑把塑膠袋綁在她手上防水，又問她換洗衣物放在哪裡？

趙晴晴看了看床上，用兩隻手揪起一件居家服和休閒褲，接著難為情地走到衣櫥邊。

周邑跟過去，順著她的眼光，看到抽屜，「幫妳開嗎？」

趙晴晴點頭，「你把眼睛閉上……」

周邑知道她的意思，閉上眼睛打開抽屜。

趙晴晴拿了內衣褲，用腳啪一聲，關上抽屜，周邑才睜開眼睛。

她租的是雅房，浴室在房間外面，她將衣物拎在手上奔進了浴室，艱難地沖了一個戰鬥澡。

周邑待在她的房間裡，環顧四周，搖搖頭，好像明白了什麼。

趙晴晴恐怕是一直以來被家裡慣壞了，不會收拾東西，也沒有收納概念，總是把東西隨手亂丟，才會造成今天這番局面。

周邑隨手幫她把茶几上的垃圾拿去丟，再幫她把桌子擦乾淨。

趙晴晴很快就出來了，周邑看到她的時候有些傻眼。明明手不方便還堅持洗頭，雖然是短髮，可還是溼淋淋地滴著水。

周邑隨手在桌上拿了條毛巾，輕柔地替她擦頭髮。趙晴晴反應不及，大腦空白幾秒才伸出手接過他手上的毛巾。

他左顧右盼找來了吹風機，又找了找插座。

「我自己來吧！」趙晴晴想去接他手上的吹風機，周邑不給她。

「我幫妳。」

「不用啦！」幫她吹頭髮這種事實在是太親暱了，他們又不是情侶。

周邑沒再堅持，遞給她之後，在旁邊看她拆下手上的塑膠袋，吹頭髮。

「手受傷了幹麼還洗頭？一天不洗又不會怎樣。」

「呃！」她看他一眼，「因為去過醫院覺得很髒。」

她知道，在看過她的房間之後，再說這種話很是打臉。

她看到周邑正在幫她收拾東西，很不好意思地說：「這些我自己整理就好了……今天真是謝謝你。」

周邑不管她說了什麼，還是幫她把地上的各種袋子撿起來摺疊好，放在房間的角落。

她站在床邊看著他收拾房間，又把裝滿的垃圾袋打包好。

「明天我來的時候再幫妳丟。」

「謝謝。」

「妳怎麼會一個人住？怎麼不租好一點的房子？這種違章建築很危險，而且冬冷夏熱對身體也不好。」

「……原本……是因為有朋友說要一起住這裡才租的，後來她反悔不住了，就剩我住在這。」趙晴晴編著理由搪塞。

「我一直以為妳和妳爸媽住一起。家裡沒勸過妳別租嗎？」

趙晴晴沒回答，點點頭。

周邑看她很累的樣子，「妳早點休息吧！我回去了。」

趙晴晴把他送到門口才回屋子裡，她躺在床上，想著今天一整天發生的事，一切發生得這麼突然，竟然就這樣上了他的車，還讓他到家裡來，還知道原來他沒有交女朋友……

手機響了，她用手指頭滑開，點了擴音鍵。

「趙晴晴？」是沈淨。

「嗯？」

「妳到家了吧？」

「到了。」

「老闆那邊假都幫妳請好了，等妳傷好了再來吧！」

「謝謝。」

「欸！今天那個男的真的是妳朋友？」

「嗯。」

「妳很不夠意思欸！那我當初說他帥的時候，妳幹麼裝一副不認識的樣子？」

「我、我跟他原本就不熟，所以不敢亂裝熟。」

「不熟？不熟他會自告奮勇送妳去急診？」沈淨大大地懷疑。

「真的不熟啊！我們很多年沒聯絡了，他大概是看在同學一場的份上才主動幫忙的。」趙晴晴極力解釋。

「好吧。那妳好好休息，改天有空我去看妳。」

「好。」

收了線，趙晴晴盯著牆壁發愣。

這麼多年不見，他還是像以前一樣溫暖，只是又好像有些不同，具體也說不上來……大概就是變得更成熟了吧？

隔天一早，趙晴晴的房門被敲響，她本來就淺眠，被吵醒之後從貓眼看出去，發現是周邑。

這棟公寓的一樓大門一直都是不關的，所以周邑很輕易的就直接上了頂樓。

趙晴晴開門讓他進來，就聽到周邑在念：「你們一樓大門不關很危險。」

這趙晴晴也知道，可是這棟公寓一直以來都是這樣，應該說這一棟根本就沒有大門，她住進來之前早就被拆了。

「反正我這房間裡面還有內鎖嘛！我自己鎖好就好了。」她無所謂地說。

周邑把早餐放著，看了看她的手，「能自己吃吧？我要去上班了。」

「可以。」他買的是三明治，她的手可以拿得住。趙晴晴瞇著眼睛對他笑，「謝謝你喔！」

送走了周邑，趙晴晴緩慢吃完早餐，想著今天無事可做，不如就好好整理房子吧！不然每次周邑一來，就一副不大自在的模樣，她也怪不好意思的。

礙於手上的傷，她只能先把地上的障礙物扔掉，再拿她買了很久卻一直沒用的滾筒黏紙把地板上的頭髮、碎屑清一清。接著又把床上的衣服全部抓起來塞進衣櫥裡，再把衣櫥門關好。

忙完，她打開電視，連續劇一齣接著一齣看下去，慵懶又頹廢，周邑再來的時候已經是傍晚。

他買了兩人份的晚餐，和她一起吃。

「妳有把受傷的事告訴家裡了嗎？」

趙晴晴搖頭。

「怎麼不說？」

「一點小傷而已，沒必要說。」

在周邑的認知裡，趙晴晴是屬於心裡藏不住祕密的人，如今她的回答倒是叫他困惑。

他們誰也沒有主動提起以前的事，只是安靜吃著晚餐。

他幫她準備了湯匙，她的手指頭還捏得住。

趙晴晴吃著便當裡的白飯，用湯匙撈起青蔥炒香菇往嘴裡送。

周邑看了一眼，他知道她以前不吃蔥，這家便當店的菜是固定的，不能選，本以為她會把蔥挑出來，沒想到她竟然就吃下去了。
趙晴晴不覺得哪裡奇怪，倒是他一直盯著她看，讓她覺得不自在。
「妳一直在 LAZY DAY 工作嗎？」
趙晴晴不知道他指的一直是多久，便點頭。
「妳是……正職？」他有些遲疑。
她點頭。
趙晴晴不接話，周邑也不好一直問個不停，他用筷子點了點便當，「我記得妳以前不吃蔥。」
「喔！對啊！不過現在吃了。」她給他一個微笑。
周邑還記得當初她為了一盤炒飯裡面的蔥末，花了二十分鐘細細在挑，還邊念他下次要記得提醒老闆不要加蔥。
十年的時間好像能改變一個人很多……
周邑先吃完，便拿起遙控器想看電視。他轉到體育臺，看今天早上的籃球重播，趙晴晴從來不知道他喜歡籃球，至少他們認識的時候，她沒看過他有任何休閒活動。
「周邑。」

「嗯？」

「後來，你一直在A城嗎？」

他們都知道，她指的後來是什麼意思。

趙晴晴不知道自己問這個做什麼，還是忍不住問了。

他頓了一下才回答：「畢業後去了一陣子C城，最近回來的。」

他沒有告訴她，其實他去找過她，在她家路口那棵相思樹下等著，可是她始終沒有出現。

他在巷口那家牛肉麵店裡聽說他們搬家了，不知道搬去哪裡。

那時他也曾想過要挽回，跟她和好。他以為那天她提分手只是在說氣話，沒想到後來，她真的一次也沒有聯絡他。

周邑想過要打給她朋友，後來卻又猶豫了。趙晴晴是藏不住事的人，既然這麼久都不跟他聯絡，是不是就表示她不是意氣用事？

當時，他也覺得自己沒做錯什麼，頂多就是對她說話大聲了點，不過，她也是對他大呼小叫，不是嗎？

後來，生活上太多事要忙，他沒再去找過她，也不想再去想起她，漸漸的，她就被封存在很深很深的記憶裡，從不輕易想起，可每每一不小心想起來，心裡就有點遺憾，他曾經以為那個女孩會是他此生最重要的人。

從那以後他再也沒有她的消息。

「那妳呢？一直在A城？」

她點頭。

「一直都在？」

「嗯。」

「大學也留在A城？」A城也就三間大學，最後她去了哪裡？

她將頭轉走，看著電視，沒有回答。

周邑不知道她在想什麼，這麼入神。

「幫我換藥吧？」她轉移話題。

周邑收拾了桌子，把工具拿來，幫她換藥。

手掌上細細碎碎的傷口，棉花棒擦在上面，火辣辣地疼。

她沒有叫出來。

上一次有人這樣細心替她包紮，是在補習班旁的窄巷裡跌跤，那時候幫她換藥的，是她的父親……想到這裡，她覺得心比手還痛。

「後來……你奶奶的忌日，你每年都有去嗎？」

他停住握著棉花棒的手，看她。

「有，每年都去。」

她點點頭，「現在還好嗎？」

他知道她在問什麼。

「很好，雖然想到會難過，可是這幾年我活得沒有遺憾，相信奶奶在天之靈會感到欣慰。」

他的笑容很複雜，此時的趙晴晴卻讀得懂他。

「我很佩服你，真的。」周邑在失去最親的親人之後還能馬上堅強起來，一個人處理奶奶的身後事，對自己的人生負責，還要有自信地說出自己的人生沒有遺憾是多麼困難的事……

周邑從來沒指望過她能懂他，對於她的話很意外，心裡也有些感傷，她是這個世界上唯一一個還會和他提起奶奶的人。

他把傷口包好，深深看她一眼，「那妳呢？妳好嗎？」

趙晴晴頭低低的，一直沒抬起來，她咬著下嘴唇，抬眼對他笑了笑，輕聲說：「好啊！」

周邑看著她的眼睛，這些年，她的眼神還是藏不住事，他知道她似乎過得不太開心。

「晚了，我先回去。妳一個人可以吧？」

「沒問題。」

周邑連續好幾天過來看她，早上上班前幫她帶早餐，下班之後幫她帶晚餐過來，順便換藥。

趙晴晴的手也不是全廢了，一些簡單的事她還是可以做的，不必全等到周邑來。

至於一週一次的培訓課程她只好先請假，上課當天，李初見見她沒來，還打電話來問她怎麼了？

趙晴晴老實說自己的手受傷，可能一兩週沒辦法去上課。李初見問她需不需要幫忙？趙晴晴想到了周邑，心頭暖了一下，客氣地說有朋友在照顧她。

李初見還想說些什麼，最後話全吞進肚子裡。

趙晴晴接著又打給梁貞，告訴她，她手不方便，約會要延後的事。

梁貞很著急，問她傷得重不重？趙晴晴一直要她放心。

週六一早，周邑就到趙晴晴家報到，趙晴晴讓他不用這麼早來，可以在家睡晚一點，或者忙自己的事。

周邑沒答應她，一來就幫她擦地、清垃圾。

趙晴晴似乎很不習慣把東西丟進垃圾桶裡，很多用過的吃過的殘餘，散落在家裡的各個角落。

他把趙晴晴的髒衣服倒進洗衣機清洗，又把晒在外面的衣服收進來。趙晴看到裡面有她的貼身衣物，慌張地衝過來，「我自己摺就可以了。」

周邑將位置讓出來就站在旁邊，一直沒有離開。

趙晴晴正在摺衣服，被他盯得很不自在，她抬頭看他，發現他正嚴肅地看著她手上的動作，面色凝重。

趙晴晴用眼神詢問他怎麼了？

周邑終於開口：「妳摺衣服的方式不對，難怪妳不喜歡把衣服放在衣櫥裡。」

她一臉困惑，顯然沒聽懂。

「妳這樣摺，衣服根本疊不整齊，妳找衣服的時候，就沒辦法一目了然，所以妳的衣服時常就亂成一堆，對吧？」

趙晴晴被他說得有些無地自容。

「因為亂成一堆導致妳經常找不到衣物，索性全丟在床上不摺了，對吧？」

趙晴晴癟嘴，抬眼覷著他。

被他說中了。

「……」

接著周邑伸出手，隨便拿了件衣服示範，「這裡要這樣，才會平整。」

「還有，襪子要像這樣套起來，才不會要穿的時候找不到。」

「……」

「褲子這樣摺三折，就會和妳摺的衣服等長，放在櫃子裡才不會亂。」

「……」

「看清楚了嗎？」他轉頭看她。

只見趙晴晴尷尬地點著頭。

「那妳自己摺一次看看。」他說的是肯定句，沒有詢問趙晴晴要不要的意思。

她一邊回想剛剛周邑的步驟，一邊慢慢地摺。摺出來的衣服比先前好了許多，但還是差強人意。

「這樣就好多了，妳如果再用心一點摺，就更好了。」

趙晴晴第一次聽說，摺衣服還需要用心？

「家裡都沒人教過妳怎麼摺衣服嗎？」

「沒有。」她記憶中，家裡的衣服幾乎都是母親摺的。

周邑幫她把摺好的拿去衣櫥裡放，趙晴晴還來不及阻止，衣櫥門一開，裡頭堆積如山的衣服便翻江倒海般翻落至地面。

周邑低頭看著腳邊的衣服，愣了一下，嘆口氣，全撿起來，幫她一件件摺好。

趙晴晴實在想不出有什麼說法可以解釋現在的情況。

兩個人沉默地整理完所有的衣服，一起在茶几上用午餐，趙晴晴的手恢復得很快，動作俐落許多。

「什麼時候回去上班？」

「星期二！差不多快不用包紗布了。」再請假下去，她的工作恐怕就要不保。

「雖然已經結痂，還是避免碰水比較好。」

「嗯，我會戴手套。」

趙晴晴不敢問他會來她家幫她到什麼時候，如果她手好了，他自然就不會來了吧？

「星期一我比較忙，早上就不過來了，妳可以嗎？」

「可以、可以！其實我現在就已經沒什麼事了。」是啊！他要上班又要照顧她，她是不是造成他的困擾了？趙晴晴陷入煩惱。

下午，兩個人看著電影臺播的電影，秋末的午後還殘留暑意，周邑過去把電風扇打開。

「這鐵皮屋夏天這麼熱，妳怎麼待得下去？」房間裡的冷氣很老舊，開了也降不了幾度，還會發出轟轟巨響。

趙晴晴雖然對生活上的小事不甚在意，但那是因為她是生活白痴。她在身體上是有潔癖的，像是去過醫院就堅持要洗澡。如果夏天身體黏答答的，她一定很難忍受才是。

「還好，白天幾乎都在店裡。我也還算耐熱。」

「妳怎麼不住家裡？」他想了想。

「……還是有點遠啊！住這裡就可以睡很晚……」很好，她對於說謊越來越在行了。

周邑臨走前，又幫她倒了一次垃圾。

他待她就像是親密的好朋友，幫助她、關照她，他是那麼自信，那麼從容，對任何事都游刃有餘的樣子。趙晴晴不知道身為一個朋友，她能為他做什麼回報。

她很慶幸自己在這個秋季再一次遇上周邑，延續了她十年前斷了一半的回憶，關於那個潔淨純白的戀情。

她在心裡喚了他的名字。他還是那麼溫柔，那麼溫暖，靜靜陪伴著她，在她感到孤獨的時候。

她不是刻意要說謊騙他。她只是覺得，也許等到她不需要他照顧的時候，他就會逐漸遠離她的生活，就像普通的朋友，偶爾幾句關心問候，甚至隨著彼此的人生計畫而漸行漸遠。

如果是這樣，她不想說，也覺得沒有必要說，她不想再拿她的私事徒增他的煩惱，那樣就好像在討他同情，讓他看看自己有多可憐一樣。

週一，周邑因為要和公司即將合作的廠商見面，很早就到公司準備。

他端著自己的保溫杯和文件夾進了會議室，向已經到來的廠商打招呼。廠商一共來了兩個人，一男一女。他進去時，那女人一直盯著他看，看得他心裡有些奇怪，不過等一會兒還有另一組廠商要來，他便趕緊辦正事，不去理會她的眼神。

談完之後，周邑親自送他們出了會議室，那女人終於忍不住，讓另一位先走，說她還有一些私人的事要處理。

周邑心裡覺得奇怪，他認識這個女人嗎？她要找他說什麼？

待同伴走遠之後，那女人找他借步說話。周邑將她帶到公司的休息空間裡。

「你是X高的周邑吧？」她確認。

「是。妳認識我？」難道是校友？他不記得有這個人。

「我是小你一屆的學妹，梁貞。不知道你記不記得？」

「梁貞？」他在腦中搜索這個名字，「你是趙晴晴的同學？」

他想起來了！趙晴晴曾經借用過梁貞的手機一段時間。

梁貞點頭，本來今天和合作公司談完事，她打算留在A城和趙晴晴一聚，不料趙晴晴竟然手受傷，取消了約會。

「你遇過趙晴晴了吧？」

「是。」

「她就在你們公司樓下工作，怎麼會有這麼巧的事?」梁貞真的覺得緣分這種事太奇妙，老天爺似乎就是希望他們兩個再相遇。

「妳……這些年一直有跟她聯絡?」

「對啊!雖然不同城市，但總是會互相關心。我今天本來順便要去咖啡廳找她的，可她手受傷，你知道嗎?」她試探。

「我知道，那天還是我帶她去醫院。」

梁貞睜大了眼睛，心想，好啊!妳個趙晴晴，連這種事都瞞著!

「你帶她去醫院啊?那我就放心了，她在這個城市無親無故，我有點擔心她，你知道她那種個性吧?不太會照顧自己。」

無親無故?周邑蹙眉，覺得這話說得奇怪。

「她父母不是住在A城嗎?」

梁貞嚇了一跳，心想難道趙晴晴沒跟他說?想想也是，他們久別重逢，她的確沒必要什麼事都跟他講。

「現在沒有了。」

「怎麼了?搬家了嗎?」周邑想到很久以前他去找她，聽說他們搬家的事。

「是搬家了，可是後來……」梁貞在猶豫要不要說。
「後來怎麼了？」周邑追問。
「我不確定趙晴晴想不想讓你知道。」
「妳知道我是真心想關心她的吧？」他誠懇地說。
梁貞想了想，點頭，「那你不要出賣我好嗎？你知道了，但是千萬不能在她面前提起。」
「好。」
「你發誓。」
「我發誓。」

傍晚，周邑來到趙晴晴家。她不知道去了哪裡，一直沒應門，他沒打電話給她，就這麼一直站在頂樓的天臺上，抬頭就能看見一片晚霞。
將暮未暮的天空，最後一片殘橘散去，所有的景色似乎泛著冷色調。他的眼神望向遠處，心裡閃過很多畫面，有他的也有她的，內心有些徬徨。
不多久，樓梯傳來聲響，他猛一回頭，看見拾級而上的趙晴晴，兩人對視，各自有不同的心情。

她率先移開眼神，舉了舉手腕上的塑膠袋，她自己去買了晚餐。

「我不知道你今天還會來，所以自己去買了。」她等過他，過了他平時會來的時間點，她想，也許他不來了。

他們一起進屋，趙晴晴掀開塑膠袋，裡面是兩人份的便當。

不知道為什麼，即使不確定他來不來，她還是想買兩個便當。心裡似乎在期待著什麼。

周邑一直沒說話，拿過她遞給他的便當，打開來安靜地吃著，今天下班得晚，加上他心裡有事，也忘記買吃的過來。

趙晴晴的手好了大半，拿起筷子的動作比之前俐落。

他又想起今天梁貞對他說的話。

「趙晴晴她爸爸有個好朋友是做房地產的，那人遊說她爸爸去投資國外房市，聽說那筆錢還是貸款來的，後來才發現那建案是爛尾樓重新包裝的，賣不出去只好賠錢求售，結果她爸爸就得了憂鬱症。後來被公司辭退，繳不起貸款，財產被拍賣，她爸爸就自殺了。這些趙晴晴愛面子是不會告訴我的，可是還是在地方上傳開了！」

梁貞淡淡地說，覷了周邑一眼，見他無比認真地聽著，若有所思。

「……因為欠債的關係，趙晴晴她媽媽選擇了拋棄繼承，身邊什麼都沒有剩下，就搬走了。她們住的環境很差，沒多久她媽媽就生病了，我聽說原先得的是流感，後來抵抗力不好又得了什麼病毒，併發症就走了……」

言猶在耳，他內心的震撼不小。

她怎麼什麼都不說？

他一直以為她是為了逃離父母的掌控才搬出來住。

周邑斂眉，嘴角往下抿了抿。

便當裡有辣椒，趙晴晴的鼻頭上冒出點點汗珠。

他抽了張衛生紙，替她擦去臉上的汗。趙晴晴抬頭看他，有些愣怔。

她眷戀這種感覺，在心底，暖暖的、甜甜的，又有點酸，心跳有點兒快，她心虛似的對他淺淺一笑。

她的臉上因為吃辣泛著兩坨紅暈，嘴脣也略腫著，他盯著她微張的嘴脣，手指不經意劃了過去。

趙晴晴全身一震，像是觸電。她很快地從陶醉的心神中清醒，縮著下巴，往後退了退。

周邑將溼濡的衛生紙放在桌上，依舊微笑著，眼神中有些趙晴晴讀不懂的東西，像是溫柔又像寵溺，但她不相信。

這晚，他待到很晚才走。他專心看著重播的體育賽事，而她只是安安靜靜地陪在他的身邊，是如此的和諧。

她希望時間在這裡停止，她好喜歡、好喜歡他在這裡。

周邑像是察覺到她的眼神，轉過頭。趙晴晴迅速移走目光，聽見自己怦怦的心跳聲。他繼續看著電視，她又悄悄移回視線。

這個夜裡格外安靜，靜得只剩下陪伴。她坐在他的身側，偷偷地，貪戀地看著他的側臉。如今他已不復年少時的稚氣，多了剛毅，認真的樣子有一點性感，讓她移不開眼睛。

如今的他是如此美好，好到遙不可及。

趙晴晴在心底對他說：「周邑！你不要再對我這麼好，你這樣我就忘不了你……」

可她沒意識到，周邑這個名字、這個人早已深深烙在她心底，就像心口的硃砂痣，獨特、唯一……

許久後，周邑像是想到什麼，突然轉頭對她說：「我一直很想看這個，又不想一個人去，有空的話陪我去好嗎？」

趙晴晴一臉茫然，他指了指電視，趙晴晴認真看，原來是即將上映的一部電影。剛剛沒專心看電視的事就這麼被他發現了，她覺得糗。

只見周邑還是對著她微笑。

「喔……」

「妳什麼時候有空？」

「要看班表。」

周邑要她把班表拿出來看，趙晴晴才掏出手機。

滑開來，螢幕背景是一張全家福。

周邑呼吸一滯，略略抬眼覷她。只見她行雲流水點開工具列去找班表。

他的手伸出來，輕輕覆在她放在桌上的左手。

趙晴晴困惑，抬頭看他。

周邑發現自己的失態，搖搖頭，「沒事，看看妳的手而已。」

趙晴晴專心滑著手機，任由他握著她的左手反覆檢視。她的心裡暖暖的，慶幸手掌心不會洩漏她的心跳……

她把找到的班表遞給他看，他在心裡默默記下她最近的輪班時間。

「後天怎麼樣？妳下班之後應該來得及看晚場？」周邑問她，實在是因為趙晴晴最近的週末都沒有時間。

她想了想，自己的確好久沒看電影了，便點頭答應。

他對她露出燦爛的笑容，也渲染了她的情緒，忍不住跟著他微笑起來。

兩個人在彼此的笑容裡彷彿找到舊時的記憶，多少個春夏秋冬的午後，他們也曾經如此待在對方身邊，只是當時周邑總是做她的支柱、傾聽者。現在她不想重蹈覆轍，她也想要成為他的支柱。

如果他願意，她可以為他赴湯蹈火，報答他、彌補他曾經為她做的一切。

隔天，趙晴晴自己拆掉了手上的繃帶，多虧周邑的照料，傷口恢復得很好。周邑來的時候看到她的一雙手，沒特別說什麼，還是帶來了晚餐，照樣幫她收拾垃圾。

倒是趙晴晴不好意思起來，一直不讓他做。

周邑只好教她、督促她整理房間。他坐在小茶几邊，邊看電視邊等她整理完，覺得口渴就順手取了桌上的飲料來喝。

「我可以借一下妳的電腦嗎？」

「可、可以。」趙晴晴還埋首在角落那一堆雜物裡。

周邑按了開機鍵，電腦沒有設密碼，但因為年代久遠了，開機有些慢。

「妳這電腦有點慢啊！我幫妳整理一下好嗎？」

「噢！好。」她電腦裡也沒什麼重要資料，就隨便他整理了。「我收藏起來的網頁不要幫我刪掉就好。」她叮嚀。

周邑重整完電腦，速度快了點，但還是差強人意。

他點了網頁，想上一下公司的郵件信箱。點開搜尋引擎，要打字的時候，搜尋列跳出之前趙晴晴搜尋過的記憶詞彙。他愣了下，查完信件把電腦關機之後，趙晴晴也整理完了，站在他身邊。

「查好了嗎？」

「嗯，查好了，謝謝。」

他但笑不語，看著她不知道在想什麼，趙晴晴都緊張了起來，瞪大眼睛盯著他。

周邑很得意似的，輕輕摩娑她的臉頰，身上有股熟悉、讓人感到溫暖的肥皂香味。

她撥開他的手，不自然地將自己的頭髮勾到耳後，「那個、很晚了，你趕快回家吧！」她背過身，垂著眼掩飾自己的靦腆。

為什麼還會因為他的碰觸而緊張呢？

看電影當天，趙晴晴特意將自己打扮一番，其實也只不過是把長褲換成了短褲，找了一件比較沒那麼素的T恤。

沈淨一早看到她，忍不住多看兩眼，覺得今天的趙晴晴特別不一樣，不只是穿著，就連表情都帶著那麼一點不同。

沈淨問她今天是不是有什麼事？

她搖搖頭，說自己只是要跟老朋友出去。

趙晴晴一整天都在看時鐘，覺得今天的時間過得特別慢，她的心根本不在工作上，是如此坐立難安。

周邑下班直接到了樓下的咖啡廳等她，趙晴晴帶他找了一個位子坐，順便問他要不要先吃點什麼，她要請客。

周邑搖頭，只要了一杯果汁，一邊看著店裡的雜誌等她。

趙晴晴拜託他等一小會兒，馬上就要下班了。

她急急忙忙衝進更衣室裡，把圍裙脫掉，整裝準備換班，沈淨跟了進來。

「妳今天要跟那個帥哥約會嗎？」她一臉興奮。

趙晴晴點頭，「不算是約會啦！就是陪他看電影。」

「看電影就是約會啦！」

「不是啦！不是妳想的那樣。」

「妳如果對他沒意思怎麼會答應陪他看電影？他如果對妳沒意思怎麼會單獨找妳去看電影？」她一臉猥瑣。

沈淨一語中的。

趙晴晴承認自己心裡是興奮的，但興奮裡面帶著的其他成分她不想深究，也不敢。

如果周邑對她不是那個意思，她就是自作多情了。

她對不起他太多，現在她只想著要對他好，能當個好朋友就已經心滿意足，其他的她不想隨便揣測。

希望越大，失望越大，她深諳這個道理。

趙晴晴拎著包出來時周邑已經倚在櫃檯，他個子高又穿著合身的西裝，自成一幅風景，一時之間趙晴晴有些痴迷地在櫃檯另一端看著他。

他舉著錢包對她揮手，趙晴晴才回神連忙說：「我請客。」

「不用了，我已經付了。下次吧？」

趙晴晴沒跟他爭，兩個人一起出了店門，店裡見過周邑的晚班工讀生全湊到沈淨旁邊，七嘴八舌地問，這兩個人究竟是什麼關係？

沈淨神祕地笑笑，「就你們猜的那樣唄。」

「怎麼可能！晴晴姐不是我們店裡出名的高冷女嗎？竟然被一個客人追走了？」

「所以晴晴姐也是外貌協會的嘛！看到帥的還不是淪陷了！妳們女人果然只看外表啊！」一個男工讀生說。

「欸！你不要亂說喔！你沒看到那天晴晴姐受傷，那男的多關心她的樣子！而且他還出面幫晴晴姐談求償，那天他約對方在店裡，你沒看到那股氣勢，天哪！帥呆了！」另一個女工讀生，瞇著眼回想那天的情景。

「反正這些話你們都不要在她面前說，都給我裝作不知道。不然難得萌芽的戀情就這麼見光死了，這女人可能一輩子都無法談戀愛了。」沈淨叮囑。

「醫藥費和精神賠償已經匯到妳帳戶了，有空去確認，還有妳的團體保險也申請了，可能還要過一陣子錢才會下來。」

「謝謝你。醫藥費是你幫我付的，我要還你。」她動手要掏錢包。

「不要這麼客套，一會兒妳請我吃飯不就得了？」

「好。」趙晴晴想一想，她的確應該請他大吃一頓。

到了影城，趙晴晴在隨手拿的簡介上尋找美食街的餐廳，周邑伸手把她手上的簡介抽走，領著她去買了麥當勞。

「吃麥當勞嗎？不好吧？」道謝請吃麥當勞也太寒酸了。

「電影快開始了，我們帶進去吃。」

他們各自點了套餐，趙晴晴買單。

周邑說這間影城的票口不允許攜帶外食進去，兩個人偷偷摸摸把食物藏在趙晴晴的包裡。

他們找到了自己的位子，等燈暗了才拿出來準備開吃。

她拿出包裡的餐袋遞給周邑，自顧自吃著自己的香雞堡，吃掉半個之後才發現周邑手上那個漢堡動都沒動，一直拿在手上。

趙晴晴愣住，看著他。

「你不吃嗎？」她小聲問。如果他不喜歡吃漢堡，就應該早點講，他們可以買別的吃嘛！

「不是。我是在等妳。」爆破的音效響起，她認真讀著他的嘴型。

他拿走她手上那個漢堡，把自己的遞給她。

「這樣妳就能吃到兩種了。」他笑。

她想起剛剛在點餐的時候，猶豫不決要吃香雞堡還是季節限定的漢堡，原來被他放在心上了。

趙晴晴看著手上那個完整的漢堡，很感動。他總是這麼為她著想，這麼照顧她，這麼體貼……

喝完加了冰塊的可樂，再加上空調的溫度，趙晴晴起了雞皮疙瘩，接著打了一個噴嚏。

她在包裡找衛生紙，突然一件外套蓋了上來，將她的身體嚴嚴實實蓋住。

趙晴晴小聲道謝，攏了攏他的西裝外套，深深吸一口氣，臉頰滾燙。

是他身上那股帶著肥皂香的熟悉氣味，讓人覺得舒服又安心。

和十年前一樣的肥皂。

他，果然是念舊的人。

趙晴晴低著頭，不敢讓他發現自己心如搗鼓，偷覷了覷他。

電影開演一段時間，周邑以極近的距離，靠在她耳邊，用氣聲問她：「妳還好嗎？」

氣噴在她耳廓上，趙晴晴偏過頭，只覺得渾身一陣酥麻，她咬緊下唇，看向旁邊，留給他一個後腦勺。

她緩緩點了點頭。

那天那部電影的內容是什麼？她不知道。

第五章　曾經丟掉的青春

Dear 周邑：

這是我們一起度過的第一個情人節，也是我第一次給男生寫信，你是不是覺得很榮幸？

謝謝你一直以來在我難過的時候陪伴我，因為有你，我沒有那麼難過了。我很慶幸能夠遇見你。

我知道你很忙，可是我總是想時時刻刻跟你在一起。你不會覺得我很黏人吧？

最近我陷入了一些煩惱，雖然你一定會說，我總是在庸人自擾，但是我是真的很煩惱。我覺得我做人好失敗，活了這麼多年連一個真心待我的朋友都交不到，我媽媽也把我當作仇人一樣，你說，是不是我的命盤就是那樣？不管我怎麼努力，都沒有人想把我當最好的朋友，不管我怎麼努力我媽都看不到。

我知道，你最近很忙，情緒也不好，我很想待在你身邊陪你，可是家裡不允許。

我是真的很想陪你，因為我不知道除了陪你我還能做什麼。

我希望你開心。

最後我想告訴你，就算你失去了全世界，可是你還有我。

如果可以，我也希望你把你的心事告訴我，我來陪你分擔。

我愛你，希望你也一樣愛我。

PS希望你喜歡我為你準備的禮物，這是我親手做的喔！你可以許一個願，如果它斷掉了，就能幫你實現願望！

晴晴

那天從影城出來已經是晚上九點，周邑直接送她回家，堅持陪她爬樓梯，一路送到門口。

周邑對她說：「我們都在這個城市裡，住得那麼近，以後遇到任何事記得找我。」

趙晴晴微微點頭，向他道了謝。

她站在天臺往下看，直到一樓門口出現個人影，緩緩走向汽車，發動引擎，車子離開了路口，她才進屋子。

習慣有人陪伴之後，面對一整屋的寧靜，她感覺有點孤獨，一顆心懸著，想的都是那個人。

她有多久沒意識到自己的孤獨了？

剛開始一個人住的時候，她是焦慮不安的，一下子怕門沒鎖好，三番兩次去確認；一下子又怕颱風會把頂樓加蓋吹壞，一個人瑟縮在棉被裡，等待天亮。

然後她漸漸堅強，漸漸習慣，一個人的生活。

以前母親老是罵她，東西亂丟不收好，接著就隨手幫她收拾，她總是有恃無恐。母親老是念她，說她再不好好讀書，長大沒出息，丟她的臉。

那時候聽來是壓力，現在想起來是懷念。

其實母親並沒有待她不好，即使是冷戰那幾年，母親還是會煮飯給她吃，顧她三餐溫飽，也會幫她洗衣服，連內衣褲都是母親用手洗得乾乾淨淨收在衣櫃裡。

以前的她總是看不到那些枝微末節。

父親得憂鬱症的那半年，家裡亂成一團，母親還是振作起來，操持一切家務，讓她正常的去上學。

母親一直是很堅強的人，發生了事也不會表現出自己的軟弱，那時她心裡是很心疼母親的。她也想出力幫她，做一點家務也好，那個時候她才發現，原來自己一直被保護得太好了，什麼都不會做，什麼都做不好。

後來父親走了，母親病了。她一個人坐在加護病房裡，看著在面前逐漸枯萎的生命，心裡難過，很想對母親說些什麼，卻又說不出來。

她們之間很少有機會能平靜的對話，母親總是用念的、罵的方式表達她的關心，從來沒給過趙晴晴一個溫柔的問候。久而久之她們都習慣用這樣的方式說話，結果內心滿滿膨脹的孺慕之情到了這種時候，竟然一點點都說不出口。

她還記得高中畢業那個暑假的夜晚，天氣很好，她的母親因為病毒感染的併發症正在和死神搏鬥，她站在病床邊，看著那個奄奄一息的蒼白女人。她緊緊揪著自己的衣襬，心裡很酸，酸到嗆鼻，快要不能呼吸。那時她發現，原來她曾經擁有過很多，想起周邑對她說過的話……

「有人罵是好事，天塌下來都有人為妳頂著。」

那時候她才知道，原來在她幼稚任性的荒唐歲月裡，有一個人雖然不擅言詞，沒有甜言蜜語哄她，卻是用盡全心待她好。她也不懂自己為什麼總是在拂逆別人的好意，不管是父母的還是周邑的。現在這些會待她好的人全都離開了她，她不知道自己該怎麼坦然活在這個世界上。她很後悔、很後悔……

那天深夜，她小小的天，塌了。

再也沒有人為她頂住，餘下的人生，必須自己面對。

趙晴晴輕輕嘆了口氣，怎麼又想起那些傷心難過的事了呢？那都是她這幾年不敢再去回想的。

手機傳來周邑關心的問候，告訴她，他到家了，要她也早點休息。

趙晴晴心裡暖暖的，他依舊是她記憶裡那個美好的少年，她想起那一年除夕的午後，心裡的那一股悸動，想朝他飛奔而去。

培訓課落了兩週，趙晴晴早早坐在教室前排，李初見也提早來了，快速替她補課，提點她之前上課的重點。

趙晴晴聽得很專心，絲毫沒有注意到李初見的目光。

「妳今天看起來很不一樣。」

趙晴晴抬頭看向坐在對面的他，不明白。

「妳看起來很開心。」

「有嗎？」

「有啊！」他看到她的眼角帶著笑。

「可能吧！」趙晴晴對他微笑，笑得很柔很柔。

李初見的心像是被投擲一顆石子，餘波盪漾。

「趙晴晴，妳有男朋友嗎？」李初見終於問出口。

趙晴晴看著他的眼睛，吐出：「沒有。」

「我想追妳，可以嗎？」

她看著他，說得很小聲：「李老師，我有喜歡的人了。」

水滾了，沒有人去關，李初見靜靜看著她，眼神像是在探究她的內心，是不是為了拒絕他的追求而搪塞謊言。

「是真的。」她歉然一笑。

「那他喜歡妳嗎？」

「現在我不知道。」

「前男友？」

趙晴晴點頭。

「分手了還有聯繫？」

「最近又聯絡上。」

「妳很喜歡他嗎？」

「嗯。」趙晴晴微笑著，「我很喜歡他，喜歡很多年了。」

李初見看著她，若有所思，還有一點遺憾地說：「妳前男友很幸運。」

「不。」趙晴晴的目光變得很溫柔，「遇見他才是我最大的幸運。」

李初見也跟著笑了，她愛他，他愛她，只不過是這個城市裡最稀鬆平常的小事，雖然感到悵然，但是他更欣賞她的坦白。

「唉，我連追都還沒開始追呢！就已經被打槍了。」李初見故意表現得很誇張，「往後還能繼續做朋友的吧？」

「當然啊！你還是我老師呢！」趙晴晴莞爾。

李初見沒接話，關了火，她的手機傳進一封訊息。

趙晴晴點開來看，眉眼噙笑。

「妳那個明月光？」

她抬頭，笑看著他，「不要叫他明月光！」他明明就在她身邊，以溫暖包圍她，並不是遙不可及的。過了這麼久，她確信自己還是喜歡周邑，但是喜歡歸喜歡，她這次選擇靜靜待在他身旁，仰望他就夠了。

下課，趙晴晴幫李初見收拾完教室，道別後便匆匆趕著要走，她從大樓裡出來，就看見周邑的車停在路邊，他兩手插在褲袋裡斜斜倚在車邊，眉目俊朗，抬頭望著行道樹。

「想什麼呢？」趙晴晴來到他身邊，跟他一起抬頭看。

「我在想，是不是空氣汙染，怎麼這裡一整排樹都不長綠葉？」

趙晴晴的目光從樹枝移到了他的側臉，她對他咧著嘴笑，笑得很美麗。

周邑察覺她的情緒，揉了揉她的髮頂，替她打開副駕車門。

世界上有一種幸福就是，我心中所想，也正如你所想的那樣，趙晴晴如此想。

李初見從玻璃窗望出去時，看見的正是這一番景象。

「去哪？」周邑打破沉默。

「不知道啊！不是你說要來接我的嗎？」

「去我家好嗎？昨天有同事送了一箱青菜，我一個人不知道要吃多久才吃得完。」

「好……」

「對了，妳的電腦要不要我幫妳重灌？可能會快一點。」

「這樣會不會太麻煩你了？」電腦跑太慢，她也覺得困擾。

「不麻煩，很簡單的。」周邑又說：「還有……妳想知道我什麼事，不用浪費時間搜尋我啊，我都會知無不言，言無不盡告訴妳呀！像是……為什麼我公司星期日放假我卻還出現在你們店裡。」他微笑看著她。

趙晴晴先是困惑了一下，突然想起了什麼，雙頰緋紅，一點反駁的機會都沒有。家裡的電腦一直只有她在用，她都忘了這件事……

她一直糾結要解釋點什麼，周邑專注看著路況，她也不好意思再提。車子裡的空間小，她頓時覺得氣氛太尷尬，只能假裝看著窗外，腦袋不由自主一直去想他那句話的意思。

周邑駛進一個小社區，把車子停進停車場，這個社區趙晴晴知道，但沒想過他住在這裡。

她跟著他爬上樓梯，一樓是一個客廳和小廚房，周邑把冰在冰箱裡的那箱菜拿出來，解開襯衫袖口的鈕扣，捲好袖子，挑了幾把去洗，又問她想怎麼煮？

趙晴晴說：「不如用燙的吧？」

「妳認真的嗎？」在周邑的認知中，燙青菜不好吃。

趙晴晴支支吾吾，不好意思說其實是因為她不會煮菜。

周邑不等她說，把洗好的青菜撈起來，三兩下切成段，他的手指修長，握著刀柄的手骨節分明又有力道，渾身散發著成熟男性的氣息。熱了鍋，下好蒜，就熟練地炒好一盤青菜。

趙晴晴看得目瞪口呆。

她差點就忘了，以前都是他在照顧他奶奶，炒個菜哪裡難得倒他？

周邑讓趙晴晴把菜端去餐桌放，趙晴晴只好乖乖的離開廚房。她在他的客廳裡轉來轉去，十分好奇。

屋內的裝潢很簡單，就像一般單身男子的房子，甚至更為簡潔。牆壁上、電視櫃沒有任何照片、相框，可以說是一片潔白。只有深藍色的皮沙發有一個位子微微凹陷，趙晴晴在那個地方坐下。

這些年他也是一個人過的嗎？她想起了記憶中那個早早就獨立的男孩。

沒多久周邑就喊她吃午飯，趙晴晴來到桌邊，看到兩樣青菜，還有一個水煮肉切片，心裡暗暗佩服，這麼短時間竟然就煮好了！

「飯還要等一下。」

趙晴晴點頭，忍不住拿起筷子就先吃了起來。

味道還真不錯！

「你廚藝這麼好，又這麼會整理家裡，人也溫柔，為什麼這麼多年沒交女朋友？」

「我有說我這些年都沒交女朋友嗎？」他莞爾。

趙晴晴心想，他的確是說他沒女朋友，但沒說這幾年到底有沒有交女朋友。

「那我問妳，妳這幾年有交男朋友嗎？」

趙晴晴覷他一眼，搖頭。

周邑顯然對她這個答案很滿意，笑著又說：「妳不是想知道我許了什麼願嗎？」

趙晴晴點頭。

「乖乖把飯吃完就告訴妳。」

這個周邑現在還學會賣關子了啊？她腹誹著邊努力加餐飯，好久沒吃到家常味了，胃口特別好。

「妳平時喜歡什麼休閒娛樂？」周邑問她。

「沒有，頂多逛逛街吧！」

「喜歡到戶外去玩嗎？」

她搖頭，她把她的時間盡可能用來排班，寧願把時間花在工作上，有班可上的生活才能讓她感到心安。所以每次有人請假，第一個想到的就是趙晴晴，託她代班，她鮮少有拒絕的時候。

「最近去上了培訓課更沒有時間了。」

「培訓課順利嗎？」

「嗯。」

話題斷在這裡，兩個人又沉默地吃著飯。

她從沒想過他們兩個這輩子還有機會坐在一起吃飯，還是他親手煮的家常菜。趙晴晴一直認為那一次的不歡而散，會留給他太糟糕的回憶，他會從此將她視為一個生命的過客，即使再見面也當作不曾相識。

萬萬沒有想到，周邑對那件事隻字不提，他們還能像老朋友一樣相處，她很感激。不過，她也知道不能太依賴他，他有他自己的生活，往後是不是應該和他再多保持點距離？

周邑感受到她心不在焉。

「下次帶妳出去玩好不好？」他的語氣溫柔像是輕輕呢喃。

「好啊……」趙晴晴抬起頭對他笑，心裡卻躁動不安。

如果那個曾經遠去的人，現在就坐在她身邊，她是不是可以試著，把他留住？

吃完飯，趙晴晴自告奮勇要去洗碗。

周邑沒攔她，趙晴晴將菜瓜布沾了洗碗精，洗好盤子就沖乾淨，放入碗槽裡。

洗得差不多的時候，周邑進來削水果，看了一下她，便好整以暇的靠在旁邊的牆壁上，看著她洗。

趙晴晴覺得自己洗得特別乾淨，表現得特別好，想她趙晴晴也是有做得好的時候。

「妳都是抹完一個就沖一個？」

趙晴晴不覺得哪裡不對。

「一般人都是全部抹完再一起沖水的。」他笑得很溫柔，盡量不讓趙晴晴覺得他是在說教。

趙晴晴沒想到洗碗也這麼有學問，以前在家裡沒人說過她什麼，平時店裡的碗盤都是由內場的人負責清洗，沒人教過她，她真的不懂這些。

「喔。」趙晴晴已經在沖最後一個碗，她看了看周邑，尷尬一笑。

周邑見她碗洗好了，拿起水果刀削蘋果，一圈一圈的，整條竟然一點也沒斷，趙晴晴知道用刀子削蘋果不稀奇，削不斷也不稀奇，可這是除了她母親以外，第一次看到也這樣削的人啊！

她對他投以崇拜的眼神。

周邑感覺到，問她：「要不要試試看？」

趙晴晴遲疑，「我很不會用刀子。」

「沒關係，我教妳。」

他把她圈在自己懷裡，拉住她的右手握住刀子，他的大手引導她該使用多少力道才能不把蘋果皮削斷。她很緊張，他溫熱的身體貼著她的背，她的心跳快到有些呼吸不順，臉熱又麻。

後來他把手放開，在她的頭頂上看著她自己削。趙晴晴手殘，沒一會兒就削斷了，還把蘋果削得慘不忍睹。

她氣餒，小肩膀垂著抬頭看他，臉很紅。

他對她淺淺一笑，「沒關係。」

他又拿出一顆蘋果給她練習，「大不了我們晚餐就吃蘋果。」

他握著趙晴晴的右手，又引導她削一次，再慢慢放開手讓她自己嘗試。

趙晴晴緊張得流汗，終於削出一顆像樣的蘋果，而且一刀也沒斷！

她笑得開懷，又抬起頭去看他，只見他一臉的寵溺，揉揉她的髮頂，一個吻輕輕落下來，吻在她的額頭上，細細的、軟軟的，有他嘴脣的觸感。他的手不知什麼時候已經環住她的腰，她想逃也逃不掉。

「猜到我許了什麼願嗎？」他的聲音從她頭頂落下來，低低的。

她搖頭。

「一開始妳送給我的時候，我沒有許願，因為我不相信。」他邊說邊撫上她的臉頰，「後來我去找妳卻找不到妳，我就許了一個願。」他的手熱熱的、暖暖的，「希望能再遇見妳。」

趙晴晴的心臟緊縮了下，又瞬間被充滿，那種澎湃太洶湧，說不出話來。

過了許久，她才開口：「所以，你找過我？」

「找過，鄰居說你們搬走了。」那時的他才懂，原來這次他是真的失去趙晴晴了，有些人沒在最好的時機留住，就會以各種形式失去。

趙晴晴抿了抿嘴。

「趙晴晴。」

她聽見他喚她，又抬起頭。

「嗯？」

「我們的一生有太多意料不到的事了，我很慶幸妳和我到現在都還好好的。我不會說好聽話，但我知道有些話，如果現在不說就會後悔。」他凝視她仰起的小臉，眼中有難以言喻的柔情，緩緩地吐出思量已久的告白：「我們……在一起好嗎？」

趙晴晴蹙眉，回看他，沒有答話。

她的眼角有蓄積的淚，花了點時間讓眼淚散去。他彎腰緊抱著她，用臉頰蹭了蹭她的髮鬢。

沒有大張旗鼓的表白，沒有鮮花，沒有禮物，過去那樣多的事情發生，趙晴晴已經明白，再多的身外之物都不能證明什麼，重要的是他的心，可是……

「周邑。我、我……」趙晴晴低頭不敢看他。她害怕看到周邑現在的表情，她會下不了決定。

趙晴晴花了點時間在腦中組織語言。

「你知道我的脾氣很不好，在一起之後，可能會像以前那樣動不動就對你亂發脾氣，還有可能……有一天你就討厭我、不愛我了，跟別人在一起，說要跟我分開。」

這段時間她在愛與不該愛之間進退維谷，周邑現在變得這麼優秀，一定也有很多人喜歡他，他值得更好的女人。她也怕自己現在愛著的這個人，會在將來的某一天，嫌棄她、不愛她了。她害怕那種失去的感覺，就像被世界遺棄，被世界疏遠，又變回一個孤單的個體。到那個時候，可能周邑就是她的全世界……

與其如此，她寧願去愛一個她不太愛的人，甚至不要去愛，這樣就永遠不會受到傷害。

周邑沉默，發現她怎麼會變得如此沒有自信。

陽光在屋子裡留下一道淺淺的光明，照在他專注的臉龐。

這麼長的時間，在社會上打滾多年，他曾經以為他能忘記她。他也試過去欣賞其他女性、想愛上其他人，可是他發現那些都不是他想追逐的眸光。到現在他的視線依舊不由自主繞著她轉，執著著那個曾經為他煮開水、叮嚀他吃飯、想隱藏情緒卻總是被他識破的女人。

他把手輕輕放在她的髮頂，揉了揉，順著髮絲而下，貼在她的臉頰。

他讓她抬起頭，深邃的明眸看著她。

「不要管以前，我只要妳回答我，妳現在愛不愛我？」

趙晴晴從來不敢奢望周邑還會喜歡她，甚至覺得只要還能在他身邊偷偷喜歡他就夠了，聽到他今天的表白，忍不住落下眼淚，更覺得過去的自己很對不起他。

她抽咽著，不敢回答。

周邑捧起她的臉，強迫她仰頭看著他。

就在她決心要搖頭的時候，周邑封住她的唇，不讓她說話。

乾燥的薄唇在她唇上碾了碾，強勢吻開她的唇瓣，長驅直入，熱切襲擊著她。

她一開始覺得害怕，聽到他沉重的呼吸聲，感覺到他的手在顫抖，她漸漸張開緊閉的雙眼，看見他眼底的堅持和憂傷。

他慢慢放開她的唇，抵住她的額頭，等著她說。

她嗚咽著試圖開口：「我覺得我們——」

他又吻住她，此時她的嘴唇已柔軟溼潤，溫溫熱熱的。

「我們——」她貼在他的唇瓣上艱難地說。

「想清楚再說……」他再一吻，語氣有不容抗拒的霸道。

她的臉上緋紅，明豔嬌花已化作一攤軟泥。

「愛……」她抱著他大哭。

他們認識了十年，其中有超過七年的時間獨留彼此在浮世中單打獨鬥，歷經人情冷暖，長大成人。這些日子以來她才明白，她的心裡一直有他的位置，而且是獨一無二，沒有任何人比得上他、比他更好了。

周邑很高興，他的心暖烘烘的，好像失而復得的東西終於回到身邊，從來沒有這麼滿足過。

他抹了抹她的眼角，「怎麼了？一直哭。」他關心地問。

「沒事。」她將頭埋在他的胸膛裡。這段時間裡，她變了，他也變了，周邑不再是以前那個軟脾氣的男孩，而是個舉手投足都充滿自信的成熟男人了。

「吃蘋果吧？」他拿起剛剛兩個人削的蘋果，一人一顆。

她永遠也忘不了，用鹹鹹的淚水和鼻涕配一顆蘋果的滋味。

那天晚上，他們沒有因為剛表白就拉著對方訴說情意，也許是重新把感情交付心裡太忐忑，顯得格外沉默。

他送她回到租屋處，在門口緊緊抱著她，有點離情依依的感覺，趙晴晴從他懷裡抬頭，還來不及看他就被吻了去，繾綣纏綿。

趙晴晴仍然有點不敢相信，兩人兜兜轉轉了十年，最後又在一起了……

她覺得自己很幸運，以前她心裡就常想，如果還有機會，她一定不重蹈覆轍，要竭盡所能去愛他，讓他幸福。這麼久的遺憾現在終於有機會填補了。

除去周邑告白的那天，他們大概是認識得太久了，兩個人也不是情竇初開的年紀，並沒有像熱戀男女般每天急著黏在一起，而是戰戰兢兢，想著怎麼樣才能讓對方覺得自己比以前更好，才能掩蓋過當初的那些遺憾。

周邑告訴她，最近會議很多，開完會還要忙交辦事項，天天加班，所以沒什麼時間和她通電話，下班之後總是很晚了。

趙晴晴體諒他，雖然巴不得每天都能見到他，嘴上卻一直說沒關係，讓他去忙自己的事。

他們公司還是經常向樓下訂飲料，趙晴晴還沒跟沈淨說他們在一起了，可每次她自告奮勇要送飲料上去，沈淨也明白了她的意思。三不五時在她耳邊念：「這個男人不錯啊！趕緊抓牢吧！」

這次趙晴晴沒有迴避，直接回了她聲：「好。」

沈淨可就激動了！她來回奮力搖晃趙晴晴的肩膀，「妳終於開竅啦！不枉費我老是給妳洗腦！」

趙晴晴忽然發現，其實身邊還是有關心她的人在，也許私底下不常見面，不怎麼談心，就像沈淨又或者梁貞那樣，她們心裡都是希望她好的，並不是一定要拉著對方毫無保留的把話傾訴一番才是真朋友。

每次趙晴晴送飲料上去，一雙眼睛總是到處亂瞄，想看看周邑在哪裡。無奈辦公室太大，放眼望去，層層隔板裡坐的是誰都不知道。她也沒有刻意打給他，萬一耽誤工作就不好了。

周邑偶爾會給她傳幾封訊息，裡面都是一些他自己覺得好笑的笑話，或者叮嚀她不要忘記好好吃飯。

趙晴晴每一封都會回他。

她拜託沈淨盡量幫她換掉週末的班，她想趁他放假陪他。

「我說，妳現在是怎麼了？不會真的跟樓上那個人八字有一撇了吧？」

趙晴晴坦承。

沈淨沒有太吃驚，像是她原先就預料到的。

「果然啊，我就知道。」

趙晴晴答應要請沈淨大吃一頓，又承諾以後沈淨戀愛，她也會這樣幫她。

沒錯，沈淨和上次的曖昧對象回歸為熟悉的陌生人了。

原因是一塊雞排。

當時沈淨正在和曖昧對象約會，她說想吃雞排，正好附近有家雞排名店，就順便問對方要不要買？曖昧對象說不吃，沈淨理所當然只買了自己那份。結果她都還沒吃幾口，對方卻要求她給他咬一口。

沈淨這輩子最喜歡吃的食物，除了她媽媽的滷味以外就是雞排了！她當時心想，雖然她很想獨占這塊雞排，但做人不能這麼小氣啊！就很大方地把雞排遞給他。

沒想到，根本不是一口，他啃了好幾口！把大半塊雞排都啃沒了！

沈淨當下就翻臉，很不高興地說：「問你要不要買，你說不買，現在是怎樣？我一大塊雞排都沒了！」

「妳幹麼這麼生氣啊？不過就是一塊雞排。」曖昧對象不覺得有什麼。

「你這麼愛吃不會自己去買啊？」沈淨口氣很差，她一個人吃一塊都不夠了，自然十分計較。

「那我就再去幫妳買一塊！」曖昧對象語氣也煩了。

「你知道我剛剛排隊排多久嗎？我不想再花三十分鐘等了！」她就是不爽！不爽！不爽！才在曖昧階段而已就這麼貪吃，以後還得了？

「不然妳想怎樣？」曖昧對象越來越沒耐性，一個鄙夷的眼神，覺得這女人不可理喻。

「不怎樣！我讓你吃！吃！吃！吃死你！」一氣之下，她把手上的雞排塞到他嘴裡，他沒張嘴，油膩膩的食物抹了他滿臉，那半塊雞排就掉在地上，沈淨轉身走出他的視線，留下一臉狼狽的對方，兩人從此不復相見。

沈淨氣沖沖跟趙晴晴說這事的時候，比手劃腳非常激動。

趙晴晴聽著只覺得好笑，礙於沈淨在氣頭上又不敢真的笑出來。

如果是高中時期的她，大概也會像沈淨一樣生氣，不過那時候周邑是從來不跟她搶東西吃的。

現在她覺得，如果只有一塊雞排，周邑也想吃，那她就會讓給他吃，就算只讓她啃骨頭，她也心甘情願。不過如果這事真的發生在周邑和她身上，周邑一開始就會讓她買兩塊雞排，知道她愛吃，他一定只吃幾口然後把剩下的分給她，想到這裡，趙晴晴心裡甜了一下。

交往沒多久，周邑就將家裡的鑰匙交給趙晴晴，週末她步行到周邑的社區，不怎麼俐落地使用他的鑰匙開門進去。

他週末總是睡得晚些，趙晴晴靜悄悄地上樓，小心翼翼打開他的房門，果然，他還趴在床上。

趙晴晴在房間外轉了會，發現他晒在外面的幾件衣服已經乾了，便幫他收進來，又幫他摺衣服打發時間。

周邑聽見聲響就起床了，他一頭睡亂的短髮，雙眼瞇著打了個呵欠，「來了怎麼不叫我？」

「你不是很累嘛，就讓你多睡點。」

周邑耙耙頭髮看了眼時鐘，進去浴室裡刷牙洗臉。

趙晴晴把摺好的衣服拿進房間，一疊一疊小心放進他的衣櫃。

周邑出來的時候，看見趙晴晴正在做的事。

「過來。」周邑站在浴室門口，把睡衣脫掉，丟進洗衣籃裡，露出精實的上半身，對她招手。

趙晴晴剛把衣服放好，聽話地小跑過去，用眼神問他什麼事，腦子裡在想他的身材怎麼這麼好？

只見周邑將她一把拉過去，擒住她的嘴唇牢牢一吻。惺忪睡眼對上一雙睜得大大的眼睛。

「你叫我來就是為了這個?」

「對啊!親親很重要。」周邑剛睡醒的嗓音比平時更低，還帶著點鼻音，「親親代表……我、愛、妳……」

趙晴晴的心小鹿亂撞，眼睛都不知道往哪放，耳朵裡心跳怦怦作響，這還是她的那個周邑嗎?

這時候周邑已經越過她，去找衣服穿了。

任由她石化在原地。

兩個人中午一起叫外賣，哪也不想去，只想待在一起，相看兩不厭。

「下午想做什麼?」

「沒有。」

「出去走走?」他想他們才剛開始，應該帶她出去約約會什麼的，不然好像虧待她了。

「好。」

「想去哪?」

「都可以。」她覺得去哪裡都無所謂，只要是跟他一起，都好。

吃完午飯，周邑開車載她到郊區的林蔭步道散步。

兩個人踩在石頭路上，一步一步慢慢走，途中清風陣陣，將趙晴晴的瀏海吹開，她抬手攏了攏自己的頭髮，周邑握住她的另一隻手，趙晴晴抬頭朝他一笑，淡淡的、柔柔的。

他幫她將一小束黏在臉上的髮絲撥開，道上的欒樹在陽光下開滿了金黃色的花，隨風搖曳的細小樹枝將花瓣抖落，一片片落在步道上。

穿行而過，一片頑皮的花瓣飄落在趙晴晴的髮鬢上，她不知道。

他發現了，動手替她把那片花瓣取下，輕輕收在掌心。

「渴不渴？」

趙晴晴想了想，點頭。

他到旁邊的攤子買水，趙晴晴就靠在樹下等他。

她兩隻手背在身後，靠著樹幹，衣襬飄飄。花瓣在她身邊飄落，她的眼神淡淡看著遠方，不知道在想什麼。周邑買完水走向她，看到這幅畫面，悄悄嵌進心中。

多麼好的時光，他以為這輩子再也不會有。

他把瓶蓋轉開遞給她，趙晴晴喝了幾口，把瓶子拿在手上，問他喝不喝？

周邑看了眼她手上的水瓶，又看了看她，忍不住捉住她的下頷，吻上她小巧的嘴脣，上頭還泛著清涼。

趙晴晴愣了一下，不知道他怎麼了。

三三兩兩的遊客從他們的旁邊走過，嘻笑聲傳來。

「你看！好浪漫喔！」

「噢！你看、你看！」

趙晴晴輕輕推開周邑，臉上有不自然的紅暈。

「別人都在看了……」

「有什麼關係，妳是我女朋友，不久的將來占滿我配偶欄的人。」他清了清喉嚨。

「不知道是誰喔！以前根本不敢跟我走在一起！」趙晴晴想到以前，那個木訥的少年。

「什麼跟什麼？我不記得了。」周邑低低地說，有點惱羞。

「怎麼才過了幾年，你臉皮變得這麼厚啊？」趙晴晴和他並肩，手拉著手。

「還不是被社會訓練的。」周邑漫不經心說道。

「你的工作還順利嗎？」趙晴晴想起來自己從未關心過他的工作。

「還可以嘍！部門經理就那樣，忙起來也是一陣一陣的。」

趙晴晴原本想問他轉系之後讀的是什麼，話到了嘴邊又吞回去，她怕他會反問她讀書的事，她還沒想好怎麼告訴他。她也沒有想到他現在當經理了，覺得自己有點慚愧。

「那……你來這間公司之前也是做這個嗎？」

「我在另一間公司做的是國際採購，後來認識的朋友介紹過來的。」

「噢！好厲害啊！你都當經理了，我看你們公司還挺大的。」趙晴晴喃喃道，聲音很小，周邑還是聽得到。

「剛畢業的時候，為了跟上司打好關係，那陣子幾乎是天天喝酒，威士忌、XO、啤酒都要喝，喝到天快亮直接睡在公司，醒了就繼續上班，現在想起來覺得不可思議。」他雲淡風輕地說。

趙晴晴聽了直皺眉，「那樣對身體很不好。」

「現在不那麼做啦！」他笑。

「你上次說你之前有交過女朋友？是你的同事嗎？」

周邑聽了沒有回答，趙晴晴不再追問，後悔自己提這個話題，好像惹得他不高興了。

兩人走到一座吊橋上，底下是半乾涸的溪流，周邑往底下看。

趙晴晴就站在他旁邊，不知道他在看什麼。

她過去牽他的手，發現他手心汗溼。

「讀大學的時候，我不是在念書就是打工，哪有時間談戀愛？不是連妳都受不了那時候的我嗎？」周邑看著乾枯的河床說，「畢業之後為了工作順利、為了加薪，沒日沒夜待在公司裡，也沒有心情談戀愛，何況那時候的我又窮又固執，也不會有人喜歡吧？」

他轉過來，對著趙晴晴淡淡地笑了一下，「所以除了妳，我沒和誰在一起過。當時我一直在想，如果我不再為錢所困，有大把時間陪妳，是不是妳就不會氣跑了？所以我加倍努力，想賺錢、想升職，我想如果我變成更好的樣子，再遇到妳的時候，妳會不會再一次愛上我？」

趙晴晴聽了心情很沉重，她不知道他一直把這些事放在心裡。

「那個時候是我自己不好，我很差勁，和你無關。」

周邑低頭看她，微笑著說：「我一直努力，想變成更好的自己來等妳。」

趙晴晴心臟猛然一縮，心裡既甜又酸，感動地凝望著他，她從來沒想過自己可以遇到這麼一個愛她的男人。

「那如果你始終沒等到我呢？」

周邑笑得很神祕。

趙晴晴好奇，一直想追問，可周邑怎麼樣也不肯再說。

健行步道只走了一半，趙晴晴就走不動了，回了市區，一路上她還在想這件事。

過了幾天，一個平日的晚上，趙晴晴又去周邑家，晚間九點他才剛下班回來，趙晴晴問他吃了沒有，周邑搖頭，說要先去洗澡，晚點再弄吃的。

趙晴晴在廚房裡轉來轉去，想先幫他弄點什麼墊肚子也好，便淘米先煮了白飯。

周邑洗完澡出來，頭髮還在滴水，隨意的用毛巾擦乾，原本一直整齊的頭髮變得凌亂隨興，趙晴晴看了覺得很性感，看著他洗菜的專注側臉舔了舔嘴脣。

他動作俐落，很快就炒好一盤什錦蔬菜，打算配著飯吃。他揭開電鍋，看了看白飯，沒說什麼就盛起一碗。

趙晴晴看著他吃，心裡在想，自己也該學學炒幾道菜了，不然他如果像今天一樣下班晚了還要花時間自己做飯，多累人。

周邑餵她吃一口他炒的菜，她覺得非常開胃，便拿了他手中的筷子，夾了一口飯放進嘴裡，嚼了嚼，臉色不大對。

她記得她剛剛是一杯米一杯水……

「這飯裡面有糙米，最好事先泡一段時間，不然內鍋就要多加一點點水再多悶個半小時。」周邑邊吃邊說。

「不要吃了，我再拿去煮一遍。」趙晴晴嘴裡還有一粒粒硬硬的米芯。平時她自己煮飯都是用小電鍋煮白米，她並不知道加了糙米的飯煮法不同。早知道剛剛就煮麵了，快又簡單，她心裡嘀咕。

「沒關係，還好。」他若無其事說道。

周邑邊吃邊看電視上的球賽，她看了會他，就轉到樓上去。他的房間床上有摺好的衣服，還沒收進衣櫥裡，她打開衣櫥，剛要把衣服放進去，就發現之前她幫他收的衣物全換了位子，上衣歸上衣、長褲歸長褲、短褲歸短褲，整整齊齊排列，和之前她疊的樣子完全不同。

趙晴晴看著櫃子裡的衣服，愣了愣，低著頭，心裡覺得難過，自己好像又幫了倒忙。

她躲在房間裡，收拾自己的情緒。

周邑吃完飯，沒看見趙晴晴，就上樓去找她。

「怎麼了？一個人在這裡也不開燈。」他打開二樓小客廳的燈，趙晴晴背對著他，沒有反應。

她的身邊還堆了一疊他昨晚摺過還沒收起來的衣服。

他走到她身邊坐下，將她的身體扳過來，趙晴晴不肯看他，將頭扭到旁邊。

「妳怎麼了？」他知道她在鬧彆扭。

「沒事。」

「真的沒事？」

「真的。」她的語氣裡有著失落。

果然這女人藏不住心事。

「妳肯定有事，快說。」他手握在她的兩隻手臂上，半哄半命令的語氣。

趙晴晴想說，可是心中千頭萬緒，很多感覺很複雜，她不知道要怎麼說，從何說起。

周邑微微嘆了口氣，不再追問，起身要把衣服拿去櫃子放，趙晴晴卻突然站起來從後面抱住他。

周邑轉過來，看了看她泫然欲泣的臉，「妳到底怎麼了？」

「我、我……」她臉上一熱，「我覺得在你面前總是什麼事都做不好！」她低著頭，很難過、很難過，「像你這麼好、這麼優秀，我怎麼樣都像是給你扯後腿的。」

她的眼淚無聲落下，周邑把衣服放在椅子上，抱著她，手收得很緊、很緊。

「妳沒有不好，不要亂想。」他不知道要怎麼安慰她，才能讓她開心起來，他的下巴抵住她的髮頂。

直到她哭完了，他才說：「妳那天不是問我如果等不到妳怎麼辦嗎？」

趙晴晴臉上全是淚水，揪著眉抬頭看他。

「我告訴過自己，努力一段時間，等我準備好了，如果等不到妳，我就會去找妳，哪怕妳在天涯海角。」他深情地伸手捧住她的臉頰，「如果出現在妳面前，妳已經有了別的愛人，那我也會祝福妳，祝妳幸福。」

趙晴晴一時沒忍住，抱著他又哭了起來。

窗外燈火斑爛，熱鬧各自上演。他們在自己的小小世界裡緊緊相擁，無聲而靜謐，兩顆心怦然交會。

第六章　寂寞炸彈

年底，大家都為了過年在忙碌、期待著，周邑工作上的事也終於稍緩下來。

那天兩個人懶懶癱在沙發上看影集，趙晴晴身上裹著毯子，腳放在周邑的手心裡，他替她暖著。

他突然開口：「妳……今年過年要怎麼過？」

他一直在等她主動告訴他事實。

「嗯……你呢？」

其實她嬸嬸有問過趙晴晴要不要跟他們一起過年，可嬸嬸家人口多，過年過節人更多，她去了總覺得尷尬，這幾年都是自己一個人過。

「我？在這裡過吧！」

「那……我陪你？」她的眼神游移不定。

周邑看著她，沒有說話，心裡不知道在想什麼。

「我……」她在猶豫要不要跟他說。

如果說了，他是不是就變成可憐她？

如果要她把那些積壓已久，不願意去回顧的事說出來，她又要崩潰一次。她很怕把還沒完全癒合的傷口再次對著別人揭開，她更怕一旦揭開之後，她會在這塊缺失的情感上依賴他，一股腦對他傾瀉。

想起以前分手時周邑對她說的話，她很怕，怕自己又把他當垃圾桶，怕給他壓力，更怕給他製造負面情緒。

「你一個人過年多無聊，我陪你不好嗎？」

他有些無奈地看著她。

趙晴晴小心翼翼盯著他，好像從他的眼神裡讀出了什麼。

「你是不是知道什麼？」

他沒有說話。

趙晴晴被他盯得難堪，從沙發坐起來，看著他。

他嘆了一口氣，緩緩點頭。

「你什麼時候知道的？」她的心一揪。

「妳手受傷那陣子。」

趙晴晴眉頭漸漸蹙起，「你從那時開始對我這麼好，是不是在可憐我？」

「……不是。」他低低地說，臉上沒什麼表情。

周邑發現趙晴晴收緊的拳頭在顫抖，神情緊繃，彷彿有種情緒醞釀著，山雨欲來。他忽然有一種感覺，覺得自己好像撞上一面牆，他就在牆的前面怎麼樣也過不去，而趙晴晴就在牆的另一邊。

「因為知道我現在無父無母、家破人亡，你可憐我、照顧我。」她想起之前，周邑問她關於家裡的事情，她那些搪塞他的話語、那些避重就輕，原來他什麼都知道，突然就覺得很難堪。

「我對妳從來就不是那樣，妳不要亂想。」周邑無奈地說。

「……」她想問他，既然他知道了，為什麼還要裝不知道？話到了嘴邊又嚥了下去，畢竟她自己也是，想隱瞞他，過一天是一天。

「我一直在等妳自己告訴我，我也不懂，妳為什麼不告訴我？」他臉上還是沒什麼表情，但語氣裡有些哀傷無力。

趙晴晴轉過頭，不想再看他，「你不是說過嗎？你說，我們之間總是我在說，說全世界圍著我轉，說我從來沒有體諒過你，你不就是嫌我總是為了自己的小事自怨自艾嗎？」她一口氣說完，頓了頓，語氣突然有些情緒，「現在我體諒你，不想影響你。我父母死了，那是我自己的事，我難過完就沒事了，不需要任何人來關心我、可憐我！」

回憶再次被勾起，趙晴晴陷入痛苦中。

周邑緊緊擰眉，不可思議地看著她，「妳怎麼會變成這樣？」

「怎樣？我變成怎樣？」她激動質問。

她討厭周邑用這種眼神看她！她不喜歡這種被否定的感覺！

「為什麼要拒人於千里之外？」

「……」趙晴晴沒有再說，拽了自己的包奪門而出。

周邑打了十幾通電話，她都不接。

最後他不打了。

趙晴晴一整晚盯著那不再亮起的手機螢幕發呆，她也不知道自己怎麼這麼彆扭。

仔細想想，好像是父親過世那陣子，母親看起來一直很堅強，沒有太大的情緒，挑起一家重擔，賺錢養家。那時她們搬到離學校很偏遠的地方住，家裡車子早已賣掉，趙晴晴要比以前早一個小時起床，上學才不會遲到。

有一天早上下大雨，趙晴晴撐著傘走出去到半路，發現半小時一班的公車已經從她面前呼嘯而過，那時候一直忍耐著、想要體諒母親的她崩潰了。

她狂奔回家，將傘丟在門口，一開門就看見母親在吃她沒吃完的早餐，趙晴晴那時滿腹情緒，鬧著不想去上學，又對著她媽媽抱怨學校太遠，她母親登時站起來，賞她一個巴掌！

「妳能不能學著長大一點啊？現在家裡是什麼情況，妳發什麼脾氣？妳不知道別人很累嗎？」趙晴晴的母親咆哮。

趙晴晴捂著紅腫的臉，放聲大哭，可是母親沒有理她。她才發現，原來抱怨也是會帶給人壓力的。

那次以後，她再也不會對別人抱怨，很努力地克制著。之後有一陣子，她就連向別人透露太多自己的私事也會有罪惡感，深怕別人覺得有負擔。她總是表現得一副什麼都看得很淡的模樣，什麼都不在乎、沒放在心上，日子就這麼日復一日。

過沒多久，她母親也病了。

從此以後她的心就更加封閉。

隔天上班，趙晴晴心不在焉，出好幾次錯，被沈淨發現。

「妳今天是怎麼啦？無糖冰綠被妳上成熱紅茶也太誇張了。」用餐時間過去，沈淨挑了個時機問她。

「沒事，不小心看錯了。」

「可是妳今天一直出錯，是不是有什麼事啊？不會是妳男人讓妳睡眠不足了吧？」沈淨笑得很淫蕩。

趙晴晴沒什麼反應，讓沈淨更覺得她奇怪。

「心情不好？」

「嗯，有點煩。」她說話的聲音很小聲，有氣無力。

「煩什麼？為了感情事煩惱？誰叫妳現在才情竇初開，要不要我給妳開導、開導？」沈淨對周遭人的感情事一向熱心，她曾對店裡的其他小工讀生自詡是為愛而生的女人，她談過很多次戀愛，也失敗很多次，屢戰屢敗，屢敗屢戰，目標是在三十歲之前把自己嫁出去。在感情方面她有很多心得，小工讀生們很喜歡找她說事情，請她提供感情上的意見，堪稱感情的心靈導師。

「也不算是感情的事……」趙晴晴沉默，外頭又下起一陣大雨，店裡更顯冷清，平日外場本來就沒多請工讀生，只有趙晴晴和沈淨兩個人對著門外發呆。

過了一陣子，沈淨忽然開口：「妳知道嗎？剛認識的時候，我一直覺得妳很怪。」沈淨偷看她一眼，趙晴晴沒什麼反應，盯著雨幕不知道在想什麼。

「那時候我覺得妳很冷漠，聚會不去就罷了，有時候大家聚在一起聊聊八卦什麼的，妳也不參與。而且妳總愛搞神祕，又一副冷冷的樣子。妳大概不知道工讀生私底下都覺得妳看起來很難相處。」

趙晴晴將視線收回來，眼睛低低地看著前面的桌子，沈淨說的這些她都不想反駁。

「妳看，連我在說妳的事情，妳也是一副沒什麼反應的樣子，好像我說的是別人。」

「沈淨。」趙晴晴輕輕地喚了她一聲，轉過頭來看她，神色依舊淡淡的，看不出什麼情緒，「我承認我很奇怪，有時候連我自己都覺得我很奇怪。」

沈淨也看著她，覺得趙晴晴的坦誠很反常。

「我覺得……有些話不要說出來，好像對大家都比較好，我常常覺得自己說錯話，有時候又抓不對插話的時機，搞得大家尷尬，好像多說多錯，所以我像現在這樣，既不得罪別人，也不會掃了大家說話的興致，不好嗎？」

沈淨沉默地看著她，趙晴晴說得很認真，可是她還是不懂她。

「趙晴晴，這裡沒有人覺得妳說話冷場，也沒有人覺得妳讓大家尷尬，也許妳平時說話過於認真，不跟人開玩笑，就算偶爾說錯話又怎麼樣呢？我不也常常講話得罪人嗎？我覺得這沒有什麼。」

外頭下起傾盆大雨，路人在街上四散，店裡的空調變得冷颼颼。

「我覺得妳很幽默，大家都喜歡妳，妳說錯話，大家也會當妳開玩笑的，不會放在心上，可是我不一樣。」

「妳想太多了。」

趙晴晴低著頭，抿抿嘴，忽然有些坐立難安。

「其實，我試過模仿妳的態度，妳說話的樣子，我覺得如果能像妳那樣就好了，也許大家就會喜歡我。可是我發覺，那樣子我好累，沒多久我就放棄了。」

沈淨皺起眉頭，「妳不需要模仿誰，妳只要當妳自己就好了。我指的是最原始的妳。」

趙晴晴突然難堪起來，看起來很難過的樣子。

「妳們不會喜歡原本的我的。」

「趙晴晴。」沈淨很嚴肅地、鄭重地看著她，「妳有妳的優點，妳很善良，我知道妳雖然窮還是會隨手捐錢給社福團體；我也知道妳明明很想跟大家打成一片，又故意拒人於千里之外，是怕說錯話被討厭；我還知道妳每次和大家說話之前，一句話要在腦子裡轉好幾遍才肯說，妳這樣活著太累、太緊繃了！放輕鬆一點好嗎？」

趙晴晴聽了沈淨這一番話，眼淚忍不住掉了下來，她死死咬住嘴脣，整張臉都在顫抖。

沈淨走近她，拍了拍她的背。

「我不知道妳為什麼會這樣。」沈淨小聲地對她說，「照自己的意思活，會比較開心。」

趙晴晴還是低著頭，豆大的眼淚滴在地板上，化作一朵朵透明的淚花。她很想緊緊抱住沈淨，謝謝她懂她，可是習慣冷漠太久，她覺得很尷尬、很不自然，她討厭這樣的自己。

沈淨不再說話，去一邊整理備品，趙晴晴緩和了情緒，擦乾眼淚。

店裡突然又忙碌了一陣子。

來來去去的人潮中，周邑走了進來。晚班的工讀生領他找位子落座，他的眼神在店裡搜尋一圈，發現了趙晴晴。

她兩眼浮腫，氣色很差，顯然是哭過了。

趙晴晴也發現了周邑，她面無表情移走了目光，她沒有在氣他，而是不知道現在該如何面對他。好幾次的衝動，她很想一股腦地將這幾年她遇到的委屈全傾訴出來，那些事積壓在心底太久、太鬱悶，她早已承受不住。

下班之後，她默默走進更衣室換衣服，出店門時，周邑就站在人行道的路燈下，兩隻手插在合身筆直的西裝褲口袋裡，看著她走來。

趙晴晴皺眉朝他走去，在他身前停下，沒有抬頭看他。

周邑牽住她的手，拉著她往回家的路上走。

一小段路之後，他突然開口：「我的父母在我三歲的時候拋棄我，把我丟給奶奶。那之後我就再也沒見過他們。前年我媽媽竟然費盡千辛萬苦找到我，說她生活過得很辛苦，要我給她生活費。」

他說到這裡停住，「如果是妳，妳會給嗎？」

機車在街邊穿行而過，點綴幾聲喇叭。冬夜的街上沒什麼行人，只有他們倆在昏黃的街燈下映出長長的身影。

「……不給，他們沒有養過我，我為什麼要養他們？」趙晴晴低低自語，很為他感到不平，周邑的父母從來沒養過他，憑什麼跟他要錢？

「我那時也陷入長考，後來還是匯給她一小筆錢，她再婚有了新的家庭，生了小孩，她心疼她的小孩沒有飯吃，卻從來不曾心疼過我。我不是聖人，我希望她以後不要再來找我，可是我感激她生下了我，讓我有機會來到這個世界。」

他們揣著心事走到趙晴晴的公寓門口，她抬頭看他，眼裡有無法遮掩的心疼。

他揉了揉她的髮頂，「人總要往好處想，才不會讓自己活得太辛苦。我覺得我現在很好，不就夠了嗎？」

趙晴晴看著他不發一語，周邑也就這麼站著。許久之後，她朝他靠近，輕輕抱住他。

「過了這麼久，我還是不知道要用什麼話安慰你。」

「沒關係，我都想開了。」他回抱她，將下巴抵在她的頭頂。

「我是不是很沒用？你這麼堅強，活得這麼好，我卻把生活過成了這樣。」

趙晴晴頭埋在他胸口，悶悶地說。

「妳也很努力在生活著不是嗎？但是我希望妳更快樂。」他的手收緊了些，

「趙晴晴，搬過來吧？」

趙晴晴頭還埋在他胸口，沒有回話。

「搬過來跟我一起住，我們一起為生活努力。」他把她從懷裡揪出來，看到她滿臉涕淚，不能自已。

「你不要對我這麼好！」她在寂靜無聲的黑夜裡大吼。

周邑又抱住她，她在他的懷裡掙扎。

他死死抱著她，語氣堅定，「我就是要對妳好，好到讓妳再也離不開我！」

趙晴晴放聲大哭，兩手緊緊揪著他的襯衫。

低壓壓的墨黑色夜空，星斗寥寥，寒風將他們籠罩，他的身體卻如此炙熱。

周邑始終沒有問趙晴晴為什麼隱瞞他，也沒有問那些她沒說的事。趙晴晴知道那是他的體貼。

她的心裡好像有什麼東西漸漸地崩解，一股澎湃奔流的情感如潮水般來襲，只能用擁抱和淚水宣洩……

趙晴晴在年初搬進周邑的房子。

他給了趙晴晴一個房間放私人物品，客房比主臥小了許多，趙晴晴的東西原本也不多，她利用輪休的時間把東西一樣樣從租屋處搬進他家。

除夕當天上午，周邑和她一起大掃除，依趙晴晴的能力，只能幫他拖拖地、擦擦桌子，大部分的事還是由他來做。

她沒事的時候，就跟在他旁邊，看他的做法，順便學一下。

傍晚，周邑把退冰的肉拿出來料理，很快的炒了幾道菜，再加上一個湯，就是他們兩個人的年夜飯。

趙晴晴細數著桌上的栗子燒雞、元寶、年年有餘、長年菜湯，迫不及待想動筷子，她已經很久沒有吃道道地地的團圓飯了。

周邑先動了筷子，她跟著吃起來，讚不絕口。

「你廚藝真是太好了！」她沒想到幾道繁複的菜他也能做得出來。

「之前一個人過年，也不想過得太隨便，所以花了心思研究過。」他說得隨意，趙晴晴心裡卻覺得酸。

除夕夜窗外炮竹聲連綿不絕，清冷卻熱鬧，讓人有一種懷舊的氛圍，趙晴晴回想起往年的過年情景。

父母還在的時候，他們三口之家也是熱熱鬧鬧，回爺爺家吃飯、討紅包、放鞭炮炸人，沒一樣少過。後來父母走了，爺爺也不在了，改去嬸嬸家過，從旁人眼神裡看到了憐憫，她就不想再去了。

算一算自己一個人也過了好幾個新年，從除夕開始天天睡到飽，隨便吃點泡麵、零食就是一餐。世界是安靜的，一點聲響也沒有，她也不去開電視，看著那些熱鬧的特別節目就感覺自己更孤獨。

現在再回想恍如一夢，可那種孤獨感卻歷久彌新，空虛得讓人心慌。如今身邊坐著自己最愛的人，今年過年讓她幸福得無以復加。她很感激，感激老天爺待她終究不薄，賜給她一個周邑，也感激周邑還願意愛這樣的一個她。

「吃一口長年菜，不能咬斷，讓妳長命百歲。」他夾起一條完整的長年菜，放進她碗裡。

她手裡夾著長年菜，心想，我家以前也年年吃長年菜，吃得比現在都要多，怎麼就不見我爸媽長命百歲呢？

她將菜塞進嘴裡，嚼蠟般咀嚼著，眼眶中有淒楚的熱淚，她吸吸鼻子，這麼吉祥的日子裡怎麼能哭……

周邑專心吃菜，聽見她吸鼻子的聲響，看了眼對面的她。

「怎麼了？」

她搖頭，垂著眼吃元寶，聲若蚊蚋，「這元寶好吃。」

「好吃就多吃，冰箱裡還有其他餡料的，有時候我晚下班，妳可以自己煮來吃。」

「嗯。」

周邑察覺了她的情緒，他知道她現在需要的絕對不是安慰，便沒再說話。

趙晴晴收拾碗筷去洗碗的時候，他跟了進去，從她身後緊緊抱住她，陪著她洗碗。

外頭還有聲聲不絕的炮竹聲傳進來，空氣中彷彿聞得到煙硝味。

「像這樣，我們兩個人挺好的。」他的聲音低低的，從頭頂傳來，「逝去的人值得我們懷念，可是眼睛還是要往前看的。我們的歲月也不過就幾十年，該放下的，就要放下。」

趙晴晴專心洗碗，沒有說話，她用菜瓜布細細地刷著每個盤子，像是要刷出洞來。她的眼淚滴進洗碗槽裡，和洗碗水一道嘩啦啦流進排水孔蓋。

她緩慢洗完所有的盤子，用袖子抹一抹臉上的淚，拉著周邑的手，看著他的面容，用紅腫的眼睛使勁朝他燦爛一笑。

他說的她都懂，最後也還是只有他懂她。

她雙手環住周邑的腰，把頭埋進他的胸膛裡深呼吸，那是她最喜歡的味道，清新、柔和，能讓她安心的味道。

除夕夜，團圓夜。團不了的圓成了她的遺憾，命運讓這兩個離散漂泊的人聚在一塊，相互慰藉，感謝生命中還得痴心人，但願能歲歲相守，歲歲年年。

年初三，和周邑關係不錯的同事叫了一群人到家裡吃飯聚會。周邑帶上拜年的禮盒，出門前問了一句：「妳要不要一起去？」

趙晴晴看他幾秒，緩緩搖頭。

「是很輕鬆的聚會，大家打打牌、吃個飯而已。」

她抿著嘴為難地看著他。

「我想趁這個機會把妳介紹給大家。」他誠懇說道。

趙晴晴的眼神有些慌亂，呼吸急促，「我……」

「不去也可以，不過大家忙，下次聚會不知道是什麼時候了。」周邑動身，卻被趙晴晴猛然站起來的動作驚得一頓。

「等我。」趙晴晴急急回房間洗了個臉，換了身較體面的厚棉質上衫和絨長褲，搭一件以前她母親留下的昂貴羊毛大衣。

趙晴晴拎著包出來，就看見周邑站在玄關上，眼裡帶著笑意。

他們來到周邑同事家之後，趙晴晴才知道這屋子的主人是周邑上司，她的心裡就更緊張了。那些同事看見周邑帶了人，全都好奇地湊過來。

周邑只簡單地說，是女朋友。

一群同事全都瞪大了眼睛，只差下巴沒掉下來。

「我說你還真是會藏啊？交女朋友都沒讓我們知道？」

「也就最近的事。」周邑右手腕掛著脫下來的大衣，順手去接趙晴晴的。

趙晴晴在那群人裡面看到林琳栩。

她也正看著她。

一群人吃飯，除了旁邊的人偶爾跟趙晴晴閒聊幾句話以外，她都安安靜靜坐著。

周邑怕她不好意思，一直幫她夾菜，這些舉止大家都看在眼裡。

那個一向對男女感情不感興趣的周邑，如今變成體貼女友的好男人，想不注意都難。

坐在主位的那位上司問趙晴晴在哪高就。

周邑代她回答：「我們樓下的 LAZY DAY。」

趙晴晴抿著嘴，看到那上司微不可見挑了挑眉。

「趙小姐還是學生嗎？」那人以為趙晴晴是在工讀，心裡想，周邑竟然是和個學生在交往？

「不是。」趙晴晴自己回答。

「喔。」

後來周邑巧妙岔開了話題。

一桌人吃吃喝喝大半個鐘頭，又三三兩兩離開座位去玩別的東西。

趙晴晴覺得彆扭，一頓飯吃下來也沒和幾個人熟。

周邑還在閒聊，趙晴晴坐不住，起身在客廳裡轉著。

林琳栩朝趙晴晴走來，寒暄幾句就帶入正題，「妳和周邑是在店裡認識的？」

趙晴晴想了想，才老實說：「不是，我們是高中同學。」

林琳栩深深看她一眼，「難怪。」

趙晴晴不懂她的意思，也不敢再追問。

「妳就是他的那個前女友吧？」

趙晴晴很意外她會知道他們以前的事。

林琳栩接著說：「他很專情，對吧？」她臉上帶著若有似無的苦笑。

趙晴晴尷尬的笑了下，從胸口輕輕吐出一口氣。

她們站在客廳的窗前，兩人之間的沉悶氛圍將她們與旁邊打牌的人區隔開。

「有打算結婚嗎？」她突然問。

趙晴晴愣住，搖搖頭，「還沒想這麼多。」

她見趙晴晴很難聊下去，隨便找個理由就到別處去了。

趙晴晴回頭，看著還坐在餐桌上聊天的周邑，發現客廳另一頭，林琳栩的眼神也飄向他。

她嚥了幾口口水，在周邑旁邊坐了下來。

周邑見她來了，便自然的將她的手拉過來，握在自己手裡，她緊了緊自己的那隻手，周邑便找了個理由離座。

「怎麼了？」

「我想回家了……」這種場合讓她如坐針氈。

周邑答應她，和上司、同事又閒聊了幾句，就說還有事要先走了。

上車的時候趙晴晴忍不住問他：「林琳栩是不是很喜歡你？」

周邑沒轉頭，只用餘光瞥她一眼，「別亂想，我跟她沒什麼。」

「我看過你們一起去商場。」

他轉過頭，一臉疑惑，「妳看到我怎麼不叫我？」

趙晴晴嘟嘴，聳聳肩，不說話。

「我們就只是同部門的同事，那天一起出公差。」

「喔……」趙晴晴心裡有點悶。

停紅燈的時候周邑看她一眼，「吃醋了?」

「我才沒有。」她聲音裡有點嘔氣的意思。

兩人不再說話，到家一進玄關，她就被周邑壓在門上，狠狠吻住。

「我只喜歡妳，不要隨便吃醋。」他聲音低啞，目光深沉。

她紅著臉喘氣，看著在眼前放大的臉，有些痛苦地說：「她、很漂亮，看起來很好……」話還沒說完，又被周邑狠狠吻去。

隔天趙晴晴還在年假中，睡到日上三竿還沒起床，等到她自然醒的時候，周邑已經把午餐準備好了。

那是他親自煎的牛排，擺盤還特別用心的配色。

她揉揉眼睛，一臉困惑看著他。

「情人節大餐。」他笑著說。

趙晴晴壓根忘記這件事，趕緊手忙腳亂的洗漱，隨後回到餐桌上端正坐著，雙眼放光。

用完美味的情人節午餐，周邑提議要帶她出去逛街。

「大過年的，哪裡有開店啊？而且我也沒給你準備……」她不好意思。

「以前妳不是說一年要過三個情人節嗎？準備好就出門吧。」

周邑帶著她到百貨公司，讓她隨便挑自己喜歡的東西。

趙晴晴站在中庭遲遲不肯走，表情十分複雜地看著他，小聲問：「情人節禮物不都是男朋友事先準備好的嗎？」

「以前我挑禮物送給妳，妳不是不滿意嗎？一下子嫌用完就沒了，一下子又嫌沒意義，我都不知道要送妳什麼好了，不如妳自己挑吧？」

趙晴晴被他牽著手，一家逛過一家店，她心不在焉，也沒怎麼認真逛，整層樓都被他們走過一遍之後，一個下午就要過去了，周邑忍不住問她：「沒有想要的嗎？」

趙晴晴低著頭，搖頭。

周邑彎下腰想看她的臉，只見趙晴晴緩緩蹲下去，捂著臉就哭了。她覺得很羞愧、很羞愧，自己那時候太任性，想著法子刁難他，不管他怎麼做她都不滿意，從來沒考慮過他的想法、他的難處。

他也跟著蹲在她身前，扶住她，「妳怎麼了？」難不成身體不舒服？

「對不起！對不起……」

趙晴晴蹲在那裡，掩面痛哭，聲音斷斷續續從手掌裡傳來。

「我一直覺得很對不起你……那時不懂事，後來想起來都很後悔……」

「妳、妳先起來好不好?旁邊的人都在看……」

周遭的行人經過，都在交頭接耳，好像是周邑在情人節這天欺負了女朋友一樣。

她捂著臉站起來，被他帶到角落。

「讓妳自己挑喜歡的禮物不好嗎?」

她還是搖頭，哭得說不出話來。

過了好一會兒她才斷斷續續地說：「以前，你用心準備給我的禮物，被我嫌棄，你心裡一定很難過，可卻從來不對我發脾氣……你總是不說話，轉頭去做自己的事，然後我就一直嘔氣。我很後悔，我討厭我自己……我一直在傷害你……」

周邑站在她跟前，靜默了幾秒，「妳在說什麼呢?只要妳開心就好了啊……」

趙晴晴抬起頭，帶著不可思議的眼神看向周邑。

他溫柔地笑著，「妳開心就夠了，其他不重要。」

「可、可是那個時候，你送我護——」

「妳到底還要不要禮物？」

「要！」趙晴晴眼神裡全是感激和澎湃，「你挑給我好不好？我好想要一個你挑的禮物，我一定會好好珍惜，什麼都可以！」

趙晴晴拉著他回頭逛，最後挑挑選選，周邑在玩具部買了一幅拼圖給她，結帳的時候他還再三確認，趙晴晴會不會回去又生悶氣。

現在只要是周邑送的她都喜歡，可是她心裡還是有些不解，他為什麼會想送拼圖給她？她也想要送他禮物，讓他去挑，但周邑不要。

他說：「只要妳在我身邊，就是最棒的禮物。」

趙晴晴勾起唇角，覺得現在這樣真的很好。高中的時候她總覺得愛就是要轟轟烈烈，永生難忘，才不枉費活一次；現在她覺得只要兩個人能在一起，平凡靜謐的生活，更美好。

趙晴晴打開車門上車，周邑坐進來後就歪著頭看她，像是在等。趙晴晴知道他的意思，靠過去，乖乖獻上雙唇。

回家之後，周邑把拼圖黏在趙晴晴房間的牆壁上。

「一天只能拼一片，拼完剛剛好就是一年，明年情人節還買這個給妳。」他抱著她，對她說。

她傻傻點頭，心想還真是浪漫啊……

趙晴晴每天都從盒子裡找一塊拼圖拼上去，有時候等不及，她就先把隔天、後天、大後天的都找出來，然後迫不及待在午夜十二點黏上去……

年初六的好日子，是趙晴晴和沈淨的開工日，那天她在店裡遇到李初見，他帶人到 LAZY DAY 拜訪，沈淨去叫老闆出來，趙晴晴招呼他坐。

自從趙晴晴跟他把話說清楚之後，她就刻意和他保持師生關係，除了課堂，其餘時間都沒交集，老闆和李初見帶來的人聊一聊，又研究了下店裡的豆子，不知道在說什麼，就聽見李初見對她老闆說，趙晴晴是他學生，能不能借一步說話。

趙晴晴就被李初見招了出去。

兩人站在店外的屋簷下，他兩手插著口袋，略略看她一眼，「結業之後就沒再看過妳了，沒想到今天還能遇到。」

趙晴晴尷尬地笑了笑。

「還想不想來上其他的課？」

「再說吧！最近比較忙。」她是真的忙，忙著趕下班練習煮飯，忙著笨手笨腳地整理房子，新生活混亂又充實。

「真要報名，可以打給我，給妳打個折，算團報。」

趙晴晴笑了，她真心覺得李初見人很好。

「年中我要去一趟中美洲。」他又找了個話題。

「去做什麼？」

「去看看豆子。」

「很遠呢！」

「想要什麼特產嗎？給妳帶回來？」

趙晴晴看著他，深深笑著，猶豫了一下，客氣地說：「那就給我帶張明信片吧。」

他的目光始終停留在她的臉上，點頭應允，接著又拿出手機，點照片給她看瓜地馬拉的風景。

「趙晴晴！」忽然前方一個聲音傳來。

周邑從對街走來，和煦的陽光照得眼前一片金黃，他彷彿從光裡走來。

趙晴晴看著他笑了。

極近的距離，李初見的餘光中，又看到了她那張獨一無二，只給予他的笑臉。

李初見主動伸出手，向周邑自我介紹。兩人簡單寒暄幾句，趙晴晴急急問周邑怎麼會在這裡。

他簡單回答出去辦個事。

李初見插不上話，打個招呼便進去店裡。

「剛剛那人是培訓班的老師。」

他笑，「我知道。」剛剛李初見已經介紹過。

「他、他剛剛是給我看瓜地馬拉的照片。」所以他們才靠這麼近。

趙晴晴搔了搔自己逐漸留長的頭髮，「你不趕快回去上班嗎？」

「要上去了。」

「嗯。」她低著頭看自己的鞋尖。

「晚上煮麵吧？我想吃麵。」

「好。」她點頭，邊想著冰箱裡還有哪些菜。

「趙晴晴。」他要走之前，突然叫住她。

「嗯？」

「妳心裡是不是在想我怎麼沒吃醋。」

趙晴晴刷地下臉紅了，「哪、哪有。」

「我才不像妳那麼愛胡思亂想呢！我相信妳。」

趙晴晴看著他遠去的背影，腦海中還迴盪著那句「我相信妳」，心裡很甜，原來被人信任是這麼開心的事。那天她對周邑和那女同事有點介意，不被信任的感覺……應該很傷他……

她懊惱著，沒多久就被老闆叫進去。

第七章　思念的解藥

林琳栩第一眼看到周邑時，就對他有好感。

某次國外分公司的同事回國，他們一起吃飯，高興之餘他多喝了幾杯，臉看起來很紅，話也變多，她坐在旁邊安靜聆聽他說的每一句話，發現他真的是一個很有想法的人，前途指日可待。

她旁敲側擊很多次，知道他沒有女朋友，而且好像空窗很久。

周邑有些醉了，她熱心地扶著他去搭計程車，他們本來就順路，回國的同事還不忘對她說了句加油。

全公司的人都知道，她對他有好感。

只有他不知道。

她送他回家，在他的包裡找到鑰匙，開了門扶他進去房間。

她坐在床邊，望著他雙目緊閉的醉顏，一張臉稜角分明，眼尾略往上翹，十足的英氣，心裡有一種想將他據為己有的衝動。

她的手摩娑著他的臉頰，那雙閉起來的大眼睛，睫毛顫動，鼻頭在黃光下泛著柔和的光暈，她真的好喜歡他……

她趁他醉酒，想偷偷吻他，嘴唇相碰的那一秒，他醒過來，用力推開她。

她重心不穩，差點跌落床下。

「妳做什麼？」他皺眉，抹了抹自己的嘴。

她紅著臉，目光柔和看著他，想用無語的柔情誘惑他。

他下床站起來，離開房間，給自己倒了一杯水，強忍嘔吐的衝動。

她跟出來，站在距離他兩步的距離。

「你喝醉了，我送你回來。」

「謝謝。」

一室的靜默。

她控制不了內心的情感，揪著衣襬忍不住對他說：「今晚我留下來，好嗎？」

周邑轉過頭很認真看著她，「林琳栩，妳值得更好的男人。」

「可我現在只喜歡你……」她的眼中有晶瑩的淚光，心裡向天祈求，想得到他。

「對不起，我有喜歡的人了。」

「是我們的同事嗎？」她輸給誰了？

「不是，是認識很久的人，我的前女友。」也許是喝多了，今晚他難得敞開心房。

林琳栩瞇著眼睛觀察他的表情，一秒都不放過，最終她低下頭，掩去淚光，抬起頭，又是一副倔強堅強的樣子。

她個性驕傲，自尊心高，平時都是人家追她，對他表白那是憑著一股衝動勁，下了很大的決心。

林琳栩大步邁出他家，頭也不回，不想讓他看見她的眼淚，反正他也不會在乎。

成熟男女的愛情，不會為了一次告白失利導致私怨。

在公司裡他們還像往常一樣，公事公辦。後來周邑談戀愛了，她看到他那個前女友，很甜美、可愛的一個女人。那是她不曾有過的樣子，賭氣似的，經由朋友介紹，她和其他公司的人談戀愛，反正世界上總有那麼一個人──妳愛他，他卻不愛妳。

林琳栩在周邑的世界成為短命的配角。

她和現在的戀人交往，他常說她對他沒心。

某天下午，林琳栩被派去樓下買飲料，又遇到趙晴晴。

趙晴晴對她很客氣，因為她是周邑的同事，還多送她一包點心。

林琳栩淡淡笑了笑，在吧臺的高腳椅坐下來。

「你們……不是分開很久了嗎？怎麼後來又複合了？」

趙晴晴看著桌面，有些不好意思。「緣分吧！竟然就這麼又遇到了。」

「我不相信緣分，世界上所有的緣分都是刻意而為的。」她記得她在哪本書上看過這句話。

趙晴晴笑得有些無奈，「珍惜身邊的人，愛他對妳所做的一切，不要讓自己後悔，是我和周邑分手後的領悟。珍惜妳所擁有的吧！妳不知道有很多人很羨慕妳嗎？」

林琳栩深沉地看著她，好像有點明白，為什麼周邑會喜歡她了……

不是美貌、不是年紀。

是她的歷盡滄桑。

是他的除卻巫山不是雲。

林琳栩苦笑，拿了飲料走出店門，主動給男朋友打電話，「喂？吃飯沒？不要傷了胃……」

趙晴晴牆壁上的拼圖拼好了二分之一，她從一個蔥蒜不分的家事白痴變成一個每天下班趕回家給周邑做菜的女人。

某個午後她接到梁貞的電話，說今年又辦了一場同學會，問她去不去？

原來又一年了啊？

趙晴晴剛想拒絕，梁貞就說：「妳還記得班上的梁慶騰嗎？」

她當然有印象，那是班上唯一和梁貞同姓的男同學，活潑開朗，以前還被她欺負過。

「記得啊！怎麼了？」

「他死了。」

趙晴晴吃驚得說不出話來，他們才幾歲而已……

「大腸癌死的，唉！大家心裡都難過。趙晴晴妳來吧？」

她答應梁貞，同時再次覺得世事無常。

同學會辦在C城，靠近老師退休後住的地方。趙晴晴一大早獨自搭火車過去，到了餐廳，一群早就在浮世中打滾多年的同學們看到她還是難掩驚訝，畢竟畢業到現在她不曾來過。

梁貞幫趙晴晴占了個位子，就在她旁邊。

太久沒見，大家果然對她十分好奇，況且她還是當年的班花。

歲月沒有在她臉上留下太多痕跡，頂多就是脫去了嬰兒肥，成熟了點。

「好久不見啊！趙晴晴！沒想到妳會來！」坐附近的一個男人說。

他的樣子變得太多，如今已經有了一個啤酒肚，她想不起他的名字。

那人遞出了名片，是某公司的業務代表，王勝天。

趙晴晴接過名片，放在杯子旁邊。

「真是沒想到啊！我們才幾歲而已，就一個同學走了。」他說。

因為白髮人送黑髮人，梁慶騰的喪事很簡單，也沒有公祭，他們只派了個當年和梁慶騰要好的人送去奠儀。

趙晴晴看到老師，年紀已經很大了，老師也看到她，很意外。

餐桌上的人們聊著工作，抱怨著工作；聊著婚事，抱怨著婚事。有人混得風生水起，也有人不求名不求利。

突然有人問起趙晴晴，她客客氣氣說自己還在A城，當一個服務生。

如果是以前她會覺得不好意思，自己可能是班上混得最差的，可是現在她已經不在乎了，還有什麼比活著更重要？

現在她想和周邑一起，活得更好、更快樂。

有人問服務生的薪水夠在A城買一間房子嗎？

趙晴晴苦笑。

「在咖啡廳工作多愜意啊！要不是我媽不肯，我也想在咖啡廳上班！沒事泡泡咖啡多好！」

趙晴晴知道梁貞在替她解圍，可是梁貞對她的工作也還是不甚了解，沒有一樣工作是絕對輕鬆的吧？

趙晴晴旁邊的女人小聲地問她：「那年妳請了一陣子喪假，聽說妳家的事，後來還好吧？」女人皺著眉。

趙晴晴聽得出來對方是想關心她，她不好意思的對她笑了一下，頭低低地看著自己的大腿，不想談。

後來大家要走的時候，老師過來找趙晴晴。

「老師很後悔當年沒力勸妳升學，就這麼讓妳走了，其實妳成績不差的——」

「老師，我不後悔，我很喜歡現在這樣，而且我還去上了培訓課，以將來自己開一間店為目標。」她笑得很明媚，彷彿回到十七歲那一年。

「趙晴晴——」

她猛然回頭，看見周邑就站在她身後。

其他人聞聲望去，全驚呆了。心裡都在問：這人是誰？

趙晴晴驚喜，朝他跑去，笑容漾得更大了，「你怎麼在這裡？」

他雙手插在褲子口袋裡，歪著頭，想看清楚她臉上的表情，笑得柔柔的，「來接妳回去。」

他永遠都是那麼溫暖，那麼體貼，那麼好……

「趙晴晴，這是誰啊？」王勝天問，語氣裡有小小敵意，他本來以為這次可以趁機追到以前的班花。

梁貞在偷笑，用手掌遮住自己的嘴巴。

「這是我男朋友，周邑。」她回頭對大家介紹。

「周邑？」開始有人竊竊私語。

「是不是大我們一屆那個周邑啊？」有人問出來。

趙晴晴點頭，和大家揮手道別，便拉著他的手走出去。

C城的天空起了大霧，放眼望去像是蓋上一層薄紗，整個城市霧濛濛一片，就像一場夢。

她勾著他的手，空氣中還能看到水氣的微粒，潮意拍打在臉上、頭髮上，她看到他的髮上有點點的晶瑩水珠，才知道他可能已經等她很久。他發現她在看他，沖她露齒一笑，朦朧中就像是虛幻出來的人物，如此清新俊逸，彷彿輕輕一碰就要消失不見。

她收緊他的手臂。

趙晴晴從來沒想過會有一天，她大方在同學面前承認周邑是她男朋友，和他並肩走在一起。

像是彌補了心中的一個小小的缺憾，她很滿足。

「想去哪裡？」時間還早，他問。

她抬頭看他，臉上的笑容很柔，柔到沁入了糖。她眼睛瞇起來開心地說：「去你去過的地方。」

她想去他去過的地方，走遍他走過的路，這樣他們失去的那段歲月是不是就能重疊了？

周邑帶她從車來壤往的摩登街道走到老舊的石板路，途經灰白色的斑駁磚牆……找到一家用藍白條紋帆布搭起來的麵攤前。

他點了一碗陽春麵，趙晴晴點了乾麵，兩個人找了位子坐下。

「這裡我以前經常來吃，有家的味道。」他幫她拿筷子，用粉紅色的方紙巾墊在下面。

麵很快就上來，他幫她把麵拌好才給她。

她吃著麵，心裡想，其實這麵味道很普通。大概就是因為這樣，才會讓他想起以前吧？

吃完麵，他帶著她沿路走，邊走邊說：「以前我都走這條路回公司宿舍，晚上的時候有很多野貓，然後，這裡有一棵相思樹……」

盤根錯節，蓊蓊鬱鬱，他站在相思樹下，「每次看到這棵樹我就想起妳。想妳過得好不好？想妳現在應該在做什麼？」

趙晴晴抬頭，瞇著眼看那交錯閃耀的陽光從樹葉縫隙篩下，他們在一起的好多日子，都在A城那棵相思樹下，他拿禮物給她、抱她，無數次的離情依依，無數次的情意流轉……

對她和周邑來說，那棵樹下有太多只屬於他們的祕密。

她抬手放在眉毛下，遮擋難以直視的烈陽。

他凝視著這樣的她，微笑著，從來沒想過有一天能帶她來他生活過的城市。心裡從來沒有這麼滿足過，心臟滿溢著幸福，都快要爆炸了。

不遠處一個老奶奶在拾荒，一輛小推車塞得滿滿的，生活壓彎了她的背脊，正吃力地推著車，沿途風大，掉落了幾本沒收好的書和紙箱子。

周邑看見了，追上去幫忙撿起來，交給那個老奶奶。老奶奶看起來過得不太好，衣衫破舊凌亂，臉上滿是滄桑，感謝地接過他手上的紙箱，努力加快步伐離開，看起來更是踉蹌蹣跚。

趙晴晴走近他，看見周邑的眼神仍盯著那老奶奶看。

「我回去過以前奶奶和我住過的地方，那條街還是老樣子，不過那排住戶已經換了好幾個，有的人是喝酒喝到得肝病死的，有的人是像我奶奶那樣老死的，還有的人換了新工地就搬走了……可是我和我奶奶相處的記憶就是永遠停留在那裡。」他轉頭看著站在旁邊的她，「生命中的很多事我們不能主宰，但我們能決定我們要愛誰，要珍惜和誰在一起的時光。」

他牽著她又往路上走去，邊走邊跟她介紹，自己之前的公司在哪裡，路上還有什麼，路繞了一大圈又走回最開始的起點。

回家的路上，趙晴晴坐在副駕駛座上，盯著眼前擋風玻璃的一點，淡淡地說：「那幾年你在C城過得很充實、很認真，可是那時候的我每天都在水深火熱之中，一下子被開除，一下子辭職，被錢追著跑。總是把自己關在家裡，哪也不去，甚至有段日子覺得自己活不下去了，反覆活在後悔裡……」

她對他微笑，「不過我答應你，從今以後我會認真活著，把自己活得很好。」那笑如夏秋的小花，淡淡的、甜甜的，深入他的心，讓他沉醉。

他傾身輕吻那個讓他愛了很多年，也牽掛很多年的女人，如果可以，他恨不得把她拴在身上，形影不離。

趙晴晴的培訓課結束了好一陣子，最近她都在讀書，咖啡師的考試分筆試和術科，久未碰書的她剛開始讀起來有一點吃力，很難專心。如果周邑在，他就會在她讀到一個段落的時候過去抱抱她，給她一個吻，加油打氣。

考試那天她很緊張，緊張到腹絞痛。

「你說，如果沒考上怎麼辦？」她皺著一張臉，可憐兮兮的樣子。

「不是能補考嗎？放心！能過的！」周邑載她到考場門口，就先去別的地方閒晃等她。

其實咖啡師考試不比升學大考，就算考砸了也不會造成一輩子走往別處的影響。但是趙晴晴把這當作是給自己的一個證明，證明自己能夠越來越好。

考試成績當天就能出來，趙晴晴走出考場大門，就看見周邑的車遠遠停在那裡，她走過去，打開車門坐上去。

他看著她，在等她的結果。

她舔了舔乾澀的嘴脣，「過了。」

他漾起很大的笑容，揉了揉她的髮頂，「走！去慶祝！要吃什麼？」

「不用了啦！說好為了開店要存錢的……」

等證書從國外機構那邊寄來需要將近兩個月，這段時間趙晴晴在網路上發履歷，希望能夠因為這張證照，找到相關的工作。

她有想過要不要去找李初見，他對這方面應該有很多見解，說不定還能幫她。可一想到可能會麻煩他，她便作罷。

一直到某天周邑問起她投履歷的事，她說一直沒有結果，其實真正需要咖啡師資格的工作好像也沒那麼多。

「妳不是有個老師在原料廠上班嗎？能不能找他聊聊？」周邑想到。

趙晴晴認真地觀察他的表情，「是啦！不過……好像不太好吧？」

「其實很多工作都是需要人脈的，妳只是問問方向，並不是要拜託他讓妳走後門。」

趙晴晴想了想還是不敢，她依舊在人力銀行裡大量投履歷，找來的多是跟現在 LAZY DAY 差不多的工作。就在她想要放棄的時候，信箱裡來了一封信，是在C城的一家實驗咖啡廳。

趙晴晴上網查過這家實驗咖啡廳的資料，它原來是由一家食品廠開設的，雖然是咖啡廳，但是另一方面以研發和市調作為發展的方向。工作內容大約就是除了要會煮還要研發、品嘗、搭配出不同口感香氣的咖啡。

趙晴晴對這樣的公司很有興趣，覺得好像在穩定中又有那麼一點挑戰性。不過公司在C城……

她想了一天，那天晚上還是向周邑提起。

他聽趙晴晴說完，神情嚴肅，思考過後，很認真對她說：「既然是妳想做的事，那就去做吧！」

「可是這薪水其實也沒有比現在高多少。」

周邑沉默看著她，趙晴晴讀不懂他的表情。

「重點是妳能快樂，而且也朝妳的夢想邁進一步了。」

趙晴晴咬了咬嘴脣，她不敢說，她是因為想他，怕跟他分開。這將近一年的時間，她已經習慣有他的日子，她依賴他，不能沒有他。如果要分開八十公里，她會被思念逼瘋。

「妳自己再好好考慮，先去面試了再決定也不遲。」

趙晴晴聽了他的建議，獨自去了C城面試。

當天對方對她的印象很好，他們當場讓她試了幾款咖啡，寫心得，趙晴晴的味蕾敏感，照著感覺和經驗洋洋灑灑寫了一堆。她不懂的研發部分，對方願意提供資料以及訓練她，甚至直接說了薪資。錢不多，但足以她省吃儉用再存上一小筆。

趙晴晴當天來回，到家的時候，周邑已經在了。

這一晚，是周邑做的飯。兩人什麼都沒說，默契的先用餐。

吃完了飯，趙晴晴才說：「對方還滿有誠意的，應該八九不離十。」

她想過要騙他，說她沒被錄取。煎熬了很久，還是決定說實話。

周邑放下碗筷，走到電視櫃下面拿出一個袋子，然後過來牽她的手往房間走去。

他站在那幅拼圖下，看了她一會，眼睛裡有說不清的情緒，像是深情，又像不捨。

趙晴晴望著他的眼波流轉，一下子溼了眼眶。

「當初想要買這幅拼圖，原來是想等妳拼完的時候，我就差不多可以向妳求婚了。」他聲調低啞，像呢喃，對趙晴晴而言，是最好聽的情話。

「不過，剛好妳有這個機會，我覺得去追夢想更重要……我不希望妳為了跟我在一起，留下什麼遺憾，將來後悔。」他從袋子裡拿出另一幅拼圖，打開，撕了背膠，黏在牆壁上。

「這一幅就換我來填補，明年，等我填完了，就向妳求婚。」

趙晴晴泣不成聲，抱緊他，猛搖頭。

「萬一我一年後不回來了呢？萬一我都不回來了呢？」

「那我就去找妳。」

趙晴晴抬頭，看到他雙眼通紅，笑裡有一點苦澀，讓她心疼。

「萬一我愛上別人了呢？」她偏要讓他捨不得。

「不可能。」他捧著她的臉，深情之致，「妳這輩子除了我，不可能再愛上誰了。」

「你臭美！」趙晴晴死死抱住他的腰，眼淚停不下來，是感動也是眷戀。

他們手牽著手躺在床上，趙晴晴還在為剛剛他說的話掉淚。

「傻瓜，也才兩個城市的距離，我放假了就去看妳，妳放假也能來找我，沒那麼嚴重。」

「我已經習慣天天都見到你了嘛！」沒有他味道的床，她睡不著。

她還怕，一個人生活，她怕自己又活回去以前的頹廢和墮落。

「我相信妳很堅強的，去吧！」

「萬一有漂亮的女人趁我不在，追你怎麼辦？」她害怕。她聽過太多因為異地戀愛，錯過彼此的戀情。

他們因愛而再聚，又因愛而再度分離。他的愛這麼無私，顯得不想離開他的她幼稚。

他握緊她的手，凝視著她。

「如果是五年前甚至十年前，她們根本不可能喜歡我，可是那時候我已經愛上妳了。」他終於說出隱藏在心中十幾年的話，目光真摯，情意深重。

趙晴晴不再說話，反身緊緊抱住他，慶幸自己沒有愛錯人，想珍惜他的擁抱，和他在一起的每一刻。

她告訴沈淨自己要離職的時候，沈淨也是萬般不捨的。她們兩個是店裡唯二的老人，互相搭配，工作幾年已經有了默契，突然要分開，她覺得惶恐，不知道下次來的新人會是怎麼樣的。

但她還是祝福趙晴晴，希望她飛黃騰達的時候不要忘了她，又一邊擔心趙晴晴和周邑兩個人要發展異地戀愛會不會有什麼變數。

「寂寞就是異地戀愛最大的敵人，要克服寂寞呢？就要多交幾個朋友，讓自己忙一點，日子就會過快一點。我說妳如果目標是要存錢，那就免了，妳一個月擠那麼一點點，存起來都人老珠黃了！學好了技術就趕緊回來吧！妳男朋友這麼帥，萬一被別人霸王硬上弓怎麼辦？」戀愛大師沈淨開示。

趙晴晴聽了失笑，原本很憂傷嚴肅的事被她說成這樣。

趙晴晴笑著，拉了拉她的手，希望她下次補考上咖啡師，兩人可以一起工作，那也不錯，自己就不用愁著交不到朋友了。

趙晴晴離開那天，只提了一個行李袋，她說，她一放假就會回來，不需要帶那麼多東西。

後來他們都忙碌了起來，她必須盡快進入工作狀態，很多不懂的事必須抓緊時間找前輩討教，有時候六日也需要支援公司活動，並不能每週回來A城。

周邑去看她的時候就幫她帶一些換季的衣物，又帶了點雜七雜八的東西。

他們的房子漸漸空了起來，透著一種虛無的孤寂。他不再一下班就回家，每天在公司加班到很晚才走。

他獨自待在家裡的時候，喜歡窩在她的客房。房間裡還有她獨特的香氣，彷彿她只是去附近轉轉，一會兒就會回來。

每天的一通電話，兩個人都不提工作上的事，只閒聊著最近的新聞事件，或者自己發生哪些好笑、有趣的事，要對方放心自己，安心工作。

分開的第一年，過年前，周邑接到一通電話，他的親生母親過世了。

他電話中帶著無助，她知道他需要人陪。

「我過去陪你好嗎？」她擔心地問。

周邑沉默很久，她看不到他的臉，不知道他怎麼了，可是她猜想，他一定在猶豫。

「不用了，我打算去一趟。」

趙晴晴知道他這麼做是對的，就算那個人再怎麼拋棄過他，也應該去見自己的親生母親最後一面，不要留下遺憾。

「去吧！有事記得聯絡我。」

就這樣，他去了一個很偏僻的小鎮，偏僻到手機收訊時常有困難的小鎮。

除夕那天，他告訴她，那個人因為沒錢洗腎，延誤就醫而死了。

趙晴晴安慰他，說自己也放假了，要不要去陪他？

他拒絕。

「這裡很亂，妳還是不要來的好。」電話那一頭狂風呼嘯，是極寒冷的靠海小鎮。

她想像他一個人站在寒風中，遺世獨立的孤獨，心像被撕裂般疼痛。

「她上次來找我借錢，就是為了她的病吧？為什麼她不老實說？怕我拒絕她嗎？我有什麼理由拒絕她？」

趙晴晴聆聽完他所說的，想了想，慢慢地說：「她不是怕你拒絕，她一定是怕你擔心啊！」

她聽見他啜泣的聲音。

那晚她在電話裡陪伴他，即使他不說話，也沒有人主動說要掛斷電話。她仔細聽著那一頭的聲音，感受他的孤寂。

趙晴晴覺得周邑前半生承受的折磨已經太多了，她希望自己越堅強越好，盡可能不要讓他擔憂。

他處理完，她已經回了工作崗位。

這個年雖然只有她一個人，但她知道，他在百里之外，一個人孤軍奮鬥，比她更寂寞。

牆壁上的拼圖，由他獨自拼湊，第二幅拼出了一座半山。

趙晴晴的工作做得很有成就感，也一步步朝夢想軌道上走了。

第二年年初他們才有第一次能好好膩在一起的長假，他們在那一年迷上拼圖，買了許許多多不同難度的，花整個年假在玩。

他說服她繼續待在C城。雖然他偶爾會懊惱自己，每次想她的時候為什麼不誠實告訴她，他懊惱自己為了不讓她擔心，隱瞞她太多他的寂寞。

再後來，他們兩頭各自忙碌，見面的時間更少了。

她回到了A城，他出了國；他到C城洽公，她卻出差去了B城。

她打開周邑房子的門，屋子裡漆黑一片，開了燈，客廳裡空空蕩蕩，她赤腳踩在冰冷的地磚上，往他的房間走去。衣櫥還敞開著，看得出來他走得匆忙。

她拉起掛在衣櫥上的一件外套，嗅了嗅，是她留戀的味道。當初離開這裡去C城時，她任性地帶了他的一顆枕頭去，說沒有他的味道會睡不著，最終那顆枕頭上的味道也隨著時間，越來越淡，最後消失不見。

她才懂得，愛得很幸福的時候會哭，愛得很寂寞的時候也會流淚，可是她慶幸這世上還有一個他讓她深深愛著。

她努力忍受想念的滋味，一個人孤獨想他。曾經她任性地說自己一年要過三個情人節，其他的節日一個也不准落下，如今他們卻忙得連一個節日都過不上，這是當初始料未及的。

她不想阻擋他的前程，他也不想她守在他為她建造的小殼子裡龜縮不前。

她一個人走過周邑曾經在C城走過的地方，一邊想像曾經駐足在這裡的他。

他洽公來過C城，在她被指派去參加食品展的時候。

她趕不回來，他沒有跟她說他進過她宿舍。她累得心力交瘁，到家之後，看見原本亂中有序的房間變得有條不紊、一塵不染，她知道他來過，又走了。和式桌上壓著一封信，信封有他的筆跡，寫得匆促，龍飛鳳舞，要她記得吃飯、冰箱裡有包子，熱一下就能吃。

她反覆看著信哭，遠距離戀愛這麼久，她從來不曾顯露她的無助，周邑堅強，她也要跟他一樣堅強。

那時相思樹澄黃色的花開了，細細碎碎，團團朵朵，清香陣陣撲鼻。

有天她站在樹下，仰頭凝望，初夏的午後時光如此美好，而他就在距離她八十公里外的地方，說近不近，說遠不遠。日日夜夜思念，卻終不得見。

橙黃色的小花隨風吹起，在空中亂舞，又被帶走。

她拿起電話，打給他。

「喂？」他正忙碌著，那頭有翻書的聲音。

「我想你了。」忍了兩年多，她終於忍不住說她想他。

「又不遠，想回來就回來啊！」他柔聲說。

這一刻她奮不顧身，衝到車站買了一張車票，什麼也沒帶，就坐上火車去找他。

他下班回到家時，發現屋裡有光，心想，難道是出門忘了關燈？

哪裡知道一開門，一道白色的身影衝出來抱住他。

他一看到她，手上的包往腳下一丟，將她抱起來，與之平視，瘋狂吻她。

她兩條修長的腿掛在他的腰上，死死纏住他，一路從玄關吻進房間。

他們身上掛著薄汗，在床上相偎相依，她看著牆壁上那三幅拼圖。

「第三幅也快拼完了。」她的聲音還泛著情慾有些嘶啞。

「那就再買一幅。」

「我想回來了。」她眼裡有淚，不忍他的堅強。

他對她笑，起身從床頭櫃拿出一個盒子。

「不知道什麼時候會用到，所以先買了。」他打開盒子，拿出那只極簡約的素面指環，另一隻手從棉被裡將她的手拉出來，牢牢套在無名指上。

趙晴晴任由他擺佈，緊抿著嘴，眼淚還是噴流而出。

「我可以把妳套牢了嗎？」他抹去她臉上的淚。

她把臉埋在他頸窩，「可以！」又忍不住嚎啕大哭，是喜悅的眼淚。

「愛哭包。」他將她圈在懷裡。再低頭凝視一次她帶淚的容顏，將此刻牢記。

溫存僅一夜，清晨他送她去搭車，她隔天還要上班。他送她到票口，她收緊自己戴著戒指的左手，不敢回頭。

她知道他一定在背後目送她。

回去C城之後趙晴晴並沒有順利離職。在她遞辭呈之前，上頭希望派她去D城開疆闢地。

待遇比現在更好，卻要花更多的時間埋首工作，她想拒絕，又覺得可惜。

原本已經決定的事，又被耽擱下來。

她告訴他這件事，此時周邑已經順利升職，他不希望誰耽誤了誰，支持她去D城。

那是一個離他更遠的城市。

那天晚上，她埋怨上天在這個時刻讓她天人交戰。

最終她還是選擇去D城，不過她和上頭約定好，只去一年，最多再一年。

周邑出差向她匯報，應酬向她匯報，回到家也向她匯報，希望她時時都能安心。

她偷偷把他講電話的聲音錄起來，受委屈的時候、想他的時候可以聽，可事實上大多數時間她不敢點來聽，因為聽著聽著就會想哭。

埋在她心底深處的寂寞像是一顆炸彈，隨時要被引爆，引信在她心口星星點點燃燒。

有一次，她實在忍不住，又點開來的時候，那錄音已經不是當初她錄的那一個檔案。她正疑惑自己什麼時候新錄了東西，就聽見手機傳來聲音。

「乖乖，不要熬夜也不要太想我，早點睡，願妳一夜無夢……」

她哭著笑了。

「你這是故意讓我想著你的吧……」

趙晴晴的同事好奇過她的感情生活，而她也不想搞神祕讓人覺得她難相處，便坦白地說自己在A城有一個很親密的男朋友。

那同事和她同年，聽了之後露出惋惜的神色，「男人都不喜歡太堅強的女人。如果是我，我在這裡感冒生病，而我的男朋友不能馬上來照顧我、看我，我一定會受不了。」

另一個同事聽了，立刻湊過來說：「交男朋友不就是要互相照顧嘛，如果不能常常見面，那還有交的必要嗎？」

不否認，趙晴晴當下有一瞬間內心是酸澀的。她們說的話她以前從未想過，因為她的心裡一心一意只有周邑，怎麼可能會去思考生命中有他或沒有他的必要？

她受傷，因為她堅信的感情，在他人的眼中變成愚昧。

「你不是說如果一年後我沒回去，你要來嗎？」白天的事占據趙晴晴整天的思緒，晚上在電話裡忍不住問出口，想試探他對於這段感情的態度。

她想知道她的堅強到底是不是個錯誤？

「最近要設子公司，現在離開不合適，也許有機會，我能搭上一波，升職了也不一定。」他理性分析道。

「我就知道我沒你的工作重要。」她實在太想他了，雖然耳提面命過自己不能為了愛就想把對方綁在自己身邊，還是忍不住說了任性的話。

周邑沒有再多說什麼，工作累得他也無法時時刻刻想出甜言蜜語來哄她。沒有得到想要的答案，趙晴晴負氣掛斷電話。

她以為周邑會很快再打來，卻沒有。

那天，周邑一直覺得胸口不太舒服，悶悶的，說不上來。辦公室外頭的天空低壓壓一片，翻騰的烏雲籠罩整個城市。他正想給趙晴晴發訊息，好些天沒聯絡，想問她那邊的天氣是否也像這裡一樣詭譎？想問她有沒有記得帶傘？助理報了一疊文件過來，一陣忙碌就忘了。

午休時間，外頭開始悶雷作響，他忙得沒胃口，又也許是窗外的陰鬱迫人讓他有些煩躁。後來他選擇在員工餐廳吃飯，由於外頭快下雨，這裡人非常多，嘈雜鼎沸的人聲淹沒餐廳的新聞話聲。

周邑刷手機邊吃飯，忽然整個餐廳逐漸安靜下來，他察覺到異狀，不安地抬起頭，看見幾乎所有的人都在看餐廳那唯一的一臺電視。

即時新聞正插播D城一家廠店合一的公司發生氣爆。

偌大的餐廳頓時鴉雀無聲，所有人屏息聽著記者的現場報導，有的人開始竊竊私語，咖啡工廠怎麼會發生氣爆？

接著有人說，炒豆子的機器據說是用瓦斯點燃的。

周邑放下筷子，沉默地盯著螢幕，那間公司……

他屏住呼吸，拿起桌上的手機撥電話給趙晴晴，一直沒有人接。

數次摁通話鍵的手開始顫抖。坐他隔壁的同事轉過頭來，正要和他說話，瞥見他額角冒出的細汗。這餐廳的空調很足，他用不解的眼神看著周邑，正要開口，倏地，周邑站起來往餐廳外像風一般狂奔而去。

他趕緊撥趙晴晴公司的總機，還是沒人接聽。

他快速刷了幾次手機，確認自己沒有看錯，急得連假都來不及請，不顧一切衝到地下室，駕車急駛去趙晴晴的公司。

外頭開始下起豆大的雨，也許是大家都把車開出來了，竟然在這個節骨眼塞車。原先很有耐性的周邑變得焦躁不安，他用力拍著喇叭，忍不住咒罵出聲。另一隻手像本能似地按著手機撥出鍵。

那頭連綿不斷的嘟嘟聲，一聲聲像刺耳的鳴叫聲，穿透進他的心底，讓他難受得直發寒。

工業區的路小，廠房前停了警車、救護車還有消防車，堵得嚴重。

他把車停在路邊，在人行道上拔腿狂奔。聽到有人議論，是烘豆機發生氣爆，有好幾個員工受傷。他想到前陣子趙晴晴和他說過，公司的烘豆機很難用，火常常點不著的事。

他腦子一片混亂，開始後悔當初由著自己的貪心、堅持，自以為是地當作這樣是對她好，讓她一個人孤零零待在這裡，又後悔自己前幾天為什麼不說話哄她開心，為什麼要用這麼嚴苛的方式去對待她、訓練她堅強。

他一路奔跑，一邊鬆了脖子上的領帶，汗水溼了整張臉，萬分狼狽。

他只想知道她是否平安。

雖然知道苦難和厄運隨時都會降臨在任何人身上，這就是命運，他心裡還是乞求著，不能是她！

汗水滴進他的眼裡刺痛難耐，他抹了抹臉。入夏時節，正午的陽光照得他快睜不開眼。

他跑到救護車旁邊，對著救護人員說自己是這家公司員工的朋友，想知道情況，他聯絡不上他的朋友……

旁邊一個男人看了看周邑，對他說救護車都走了，剩下這臺是輕傷患者。周邑往裡一看，那側坐的臉和趙晴晴有幾分相似，只有手肘受傷，卻不是趙晴晴。

剩下的是輕傷患者？那趙晴晴呢？他急得發狂。

他趕忙問了救護車的去向，開車直奔醫院。

原本冷靜穩重的周邑在馬路上狂飆，一切都亂了套。他像隻無頭蒼蠅，在這個城市裡繞，他焦急惶恐，這次的意外會對趙晴晴帶來怎麼樣的傷害！

他懊惱自己為什麼沒有早點要求她回來，早點結婚，他意識到她的緊急聯絡人怎麼不是他……

趕到醫院，他奔進急診室，裡頭滿床，但是每一張床位都不是趙晴晴。

他到櫃檯問，醫護人員正忙碌著。

他急得快要發瘋，盯著遲遲不來的電梯，聽見旁邊的人說到剛剛急診室有人被炸得血肉模糊。他喘著氣準備進入即將到來的電梯，門打開的一瞬間，他看見記憶中那個紮著馬尾的背影。

「你怎麼來了？」趙晴晴臉色蒼白，臉上不只驚訝，還有些許汙垢，像是逃出來的。

周邑穿過人群緊緊抱著她，將她的臉埋在他的胸口，感受她的存在。

「有沒有哪裡受傷？」他喘著氣，悶悶地問。他的腿瞬間軟了，站都站不穩，支手扶住牆壁，支撐自己的身體。

「沒、沒有。我沒事，只有一點擦傷。」

他沒有說話，趙晴晴被他抱得快要窒息，發現他的手在顫抖，那一瞬間，她突然明白。

「以後我一定不會再讓你擔心了，有事一定會第一個告訴你。」她看著他著急的臉，謹慎地說。

他不只是她最愛的人，以後還是她最重要的親人……

她發現這世界上還有一種幸福就是，隨時能和愛著的那個人緊緊相擁，感覺到他的脈搏心跳。

趙晴晴抱住他。

「我真的真的好愛你喔！」她在他懷裡軟軟地說。

他聽了哽咽。

趙晴晴抬起頭，「我有個同事被烘豆機的碎片傷了，有點麻煩，她在D城沒親人，我要去陪她。」

不等周邑回答趙晴晴轉身就跑走了，留給他一個背影，那長長的馬尾。跑到一半，她突然回頭，朝著他笑，對他揮手，要他趕緊回去。

她想到，這好像是第一次回頭看他，而她在他臉上看到了驕傲……

邁入分開的第三年過年，趙晴晴自告奮勇留在D城，為公司在這裡的扎根計畫奮力盡上最後的氣力。新店面開設、新進人員招募培訓，甚至連施工黑暗期都天天到場和計畫部部長輪班監工。上層來參加開幕，稱讚準備工作紮實，她也不倨傲，將一切功勞歸給部長。

其實她也不是突然就變成聖人了，她只是領悟到有時候幫助別人也就是幫自己。她想起以前的她，一定會苦苦計較別人占了她多少便宜，成天苦著一張臉悶悶不樂……

這些年她遭遇很多難題，也發現一件事，那就是過得快樂遠比計較得失來得重要。有很多東西並不是強留、強要，就能得到，而失去的也不表示從此回不來……

一切都進入軌道，他們研發的新品在這裡受到了歡迎，趙晴晴以此為前提，向公司遞出了辭呈。她在公司不過是一顆小螺絲釘，那封辭呈卻一直被部長壓在桌上，遲遲沒有處理。

可那天下午她竟然被來視察的常務監事叫了進去。

雖然趙晴晴始終低調，但是監事對她特別有印象，覺得她是一個低調到醒目的存在，她剛好看到這封辭呈，好奇趙晴晴的離職原因。

既然鐵了心想走，趙晴晴認為無須隱瞞，便坦白告訴她，自己離職與公司無關，而是為了感情。

那天很冷，窗外的雨陸陸續續下了整整兩個星期，一切都叫人感到難耐。

原本她以為，女強人般形象的常務監事會嘲笑她的天真幼稚，沒想到，她竟然為她的愛情動容。

那張掛著莊重妝容的臉有罕見的溫柔，她看著趙晴晴，「我曾經為了堅持這份工作，放棄一段感情，曾經我很喜歡的那個人後來等不了我，和別人結婚了。現在我常在想，如果當初我沒放棄他，現在的我們會是什麼樣？」

趙晴晴沒有說話。

「現在我已經過了如花似玉的年紀，才突然想在婚姻市場上尋找個有意願跟我結婚的人。我身為一個大公司的高級主管，卻覺得自己像一塊豬肉任人評價，我們都不知道自己到底愛不愛對方，只因為害怕孤單想著要找個人陪，又怕自己老了，孤苦伶仃。反反覆覆到現在，我選擇放棄結婚的念頭……如果，妳認定他是妳的唯一，妳知道自己是終究要走入婚姻的人，那麼工作和婚姻就只是先後順序的問題，我支持妳的選擇。」

暮春下著雨的那一天，她離開了D城，奔回有他的城市。

她多麼迫不及待，過去的那些日子都不知道是怎麼熬過來的，只能一天天畫著日曆，數著日子，給自己喊話，要自己忍耐。

他是不是也該佩服她的毅力？

趙晴晴搬回去，花一個下午的時間整理自己的東西，把它們歸位，就像是幫它們回家一樣。

屋子裡的一切都沒有變，唯一要說改變的，是她的房間。

那一片牆壁已經貼滿拼圖，是他們在那年過年迷上拼圖之後他陸陸續續買的。在無數寂寥夜晚，他一個人數著無數片拼圖過日子。

她眼中泛淚看著那一片牆，看到其中一幅，是一個男人在雨中的背影，不知怎的她很難過。他好像從來沒有讓她看過他的背影……後來，這麼多次的分別，她也不敢回頭去看他……

的。

還有一幅，是她手機桌布的全家福。她緊緊咬住下嘴唇，眼前一片迷濛。

門外有些聲響，她走到客廳去看——那個男人也沒有變，依然是她深愛的。

「回來啦！」他笑著用低低的嗓音說。

久違的一句話，令她熱淚盈眶。

工作不方便的關係，周邑套牢她的指環串成項鍊掛在脖子上，比戴在手上更為顯眼。周邑很滿意這個效果，因為現在的她更有自信、更美了，美得光彩奪目，讓他恨不得將她藏起來，不讓人發現。

他想起高中時趙晴晴問過他，想不想談戀愛。

當時他搖頭，一副淡定的樣子。其實他根本不敢看她，因為他心跳如雷，深怕一個眼神洩漏了祕密。

他不想談戀愛，不想交女朋友，因為那時他心裡早已有了趙晴晴，她是他的夢想。

當她開口問他，要不要做他女朋友的時候，他猛然抬起頭，極力掩飾著自己的心慌、狂喜。

即使，那只是她的一個遊戲、一個玩笑、一次嘗鮮……他都甘之如飴。

兩個人歷盡滄桑，重新回到彼此身邊，變得更加珍視這段感情。不免世俗的，他們拍了婚紗照，被攝影師隨意擺佈著，拍下他自己覺得愚蠢的照片。

但照片洗出來的時候，不可否認，那個女人是最漂亮的。在他的心裡，無與倫比。

他留下一張有她獨照的謝卡，壓在書桌桌面。悄悄將過去那些讓他心動的時刻，封存在記憶裡，迎接嶄新的另一個人生階段。

過了很久很久以後，趙晴晴在某一天掀開透明桌墊，拿起一張她的舊照片，裡面的人兒穿著純白色的禮服，笑得甜蜜。

照片背後寫著：妳翩然出現，在我最寂寞的華年。字跡慎重剛勁。

那個伴著她人生超過二十年的男人，雖然不是最會說話的，可卻是她最崇拜的。他的堅強、他的溫柔體貼毫不保留地展在她眼前，他總用溫暖包圍她，將她一步步慢慢融化，他對她的愛不濃烈卻像流淌在血管裡的血液一般，早已滲透她的全部。

她終於懂得，為什麼他對她當初的離開這麼有自信，原來他早就知道，除了他，她這輩子真的再也愛不上別人了。

趙晴晴莞爾，想了又想，提筆，在文字下方寫上一行娟秀。

你昂然進駐，在我荒蕪的心間。

「媽媽！快出來陪我吹泡泡！」

窗外陽光正好，小腦袋探進來，一隻手拉著那個在她心裡生了根、發了芽的男人。

他們相視而笑，暖陽照在他刻著歲月的臉上。

曾經她失去過他，遊蕩在人海中幻想他們是否有機會再遇，走到哪裡似乎眼前都有他的身影。

所幸她還有機會，如今他還是她心中最好的那個他，她也努力成為了自己喜歡的自己。

正文完

番外　分開之後的他

和趙晴晴在校門口決裂後，有將近三個月的時間周邑沒再見過她。那陣子他兼了幾份打工忙，下了班已經接近深夜，校內的活動也多，他又不好意思打擾趙晴晴那位朋友，讓她幫忙傳話，況且他們之間的事恐怕也不是光靠傳話就能解決的。

到了後來，學校宿舍寒假不能住，他終於在過年前幾天替自己找到落腳的地方，還特意空出時間，專程去找她。

那一天，周邑在她家旁邊那棵相思樹下等，那是一個沒有陽光的寒冷午後，他想，站在這裡總會等到她。

從日暮到日落，來來去去的人影裡沒有一個是趙晴晴。周邑還是很有耐心，一直到她家對面的牛肉麵店準備打烊，他才遲鈍發覺趙晴晴家裡似乎一直沒人。

又過了幾天，隔天就是除夕，他一個人過節，沒特別準備，又轉到趙晴晴家那條巷子，確認那屋子的確有好一陣子沒人住過的跡象。

他想了想，走到牛肉麵店。

「請問……」只說了兩個字，他就不知道該怎麼問下去了。難道要問店老闆：「對面趙家的女兒去哪了？」還是要問：「為什麼趙家沒人？」從他這個陌生人的口中問這些問題都顯得太奇怪。他個性太老實，在店門口陷入糾結。

「打烊啦！明天早點來！」老闆邊收拾桌椅邊對周邑說。

周邑點頭，若有所思地走出店外，臨走前他抬頭看了看趙家那幢樓房，裡頭黑漆漆一片，一點人氣也沒有。他想過幾天有時間再來一趟吧！總不會老是不在的。

過了一星期，有人找周邑調班，難得他假日下午有時間，這幾天趙晴晴的事籠罩在他心裡十分不安，草草吃了午飯就趕往趙晴晴家。

令他驚訝的是，趙晴晴家依舊不像是有人住的樣子。以往這個時間經過趙家，總能聽見趙晴晴練琴的聲音，而現在不僅聽不見，門戶也牢牢緊閉。

他心裡頓時緊張起來。這幾個月的時間，趙晴晴家是不是發生什麼事？

站得腿痠了，他到牛肉麵店裡點了一碗陽春麵，才在老闆比較空閒的時候發問。

「老闆！你們對面那趙家是不是……出遠門了？」

那老闆面無表情看了周邑一眼，「我怎麼覺得你有點眼熟？你是不是上禮拜也來過？打烊那個？」

周邑慢慢點頭。

「你找他們有事？」老闆不客氣地上下打量了眼周邑。

「我跟趙家的女兒是同學，想找她……」

那老闆恍然大悟。

「喔喔！他們好像搬走啦！」

搬走了？好端端的為什麼要搬？

老闆正要講話的時候，又有客人進來了，店裡又忙碌起來。

得到了搬走的答案，周邑心裡亂成一團，付了錢要走。只聽見老闆說：「前兩個月就搬走了，聽別人說是要回老家……」

「你知道他們老家在哪裡嗎？」周邑在門邊問。

「不清楚，他們家的人不是很喜歡跟鄰居來往。」

周邑點頭，拉了門走出去。

老闆才想到什麼似的，想告訴他前幾天聽說那房子要被查封的事，想想，跟一個孩子說這個幹麼？就作罷了。

趙家一向愛面子，那陣子變得十分低調，一家人也不常出來活動了，那時街坊只知道趙家出了事，沒人知道實際是什麼狀況，直到那房子正式被拍賣之後，事情才逐漸揭露出來。

周邑不太記得自己怎麼回到學校。

失去最疼愛他的奶奶之後，曾經趙晴晴是他想要的未來，在他的人生藍圖裡，是有她的。周邑想努力給她最好的生活，讓她的父母放心把趙晴晴交給他。他希望趙晴晴在往後的每一次生日、節日都能開開心心收下他送的禮物，而不是嫌棄他寒酸。

他真的曾經這麼計畫過。

一路上他都在想，趙晴晴除了跟他鬧分手，這次甚至還不告而別。她做得這麼絕，一點音訊也沒有，壓根就不想再與他聯繫。現在人都已經離他遠遠的了，他還有什麼理由去找她？

何況他們早已經分手。

周邑試圖忘記她。就像忘記他那個沒見過幾次的父親，遺棄他的母親一樣，把傷過他心的人當作是生命的過客。

學校、工作上大大小小的事包圍著他，他必須不斷往前走，沒有時間回頭緬懷或頹廢。生活上的壓力，還有未雨綢繆的習慣，未來的步伐，每一步他都得思前想後，生活就這麼一天忙過一天。

那之後他才發現，原來生活不是為別人而活，而是為了自己。說穿了，每個人都是獨立的個體，即便有血緣有感情的牽絆，這些都不夠長久到陪伴一個人一生。

過年那陣子他在年貨大街打工，搬貨、叫賣、包裝、送貨，話一直很少的他，在那陣子喊到咽喉發炎沙啞，痛也捨不得去看醫生，聽雇用他的老闆說他們都吃什麼偏方對喉嚨好，他就跟著吃。

他認識了新朋友，培養出工作上的革命情感。工讀生裡有幾個過年不回老家的僑生，除夕那天晚上正式下工，領了薪水，幾個人給自己買了豐盛的年菜，相約聚在其中一個人租的房子裡，一起過了一個也算熱熱鬧鬧的年。

有人想念家鄉的菜餚，有人想念家鄉的親人，叨叨絮絮說著，而他想念誰呢？有些輪廓在這時候不由自主浮現腦海，包括那段愛得很卑微的愛情。

也許因為那是他生命中難得的美好，那段期間他甚至覺得自己是幸運的，心裡偷偷喜歡的女孩竟然也如願喜歡他，尤其她是他奶奶唯一見過、也覺得喜歡的女孩。趙晴晴擁有一段他與他奶奶共同的記憶。那一點點甜伴隨一點點苦澀，只能抑制無法根除。

大年初一那一天，他一個人騎車跑到山上去追流星。即使只剩下他一個人，生活也得好好過下去。

有時候，想忘記那個人，偏偏就會不小心想起。每當他又在哪裡聽見「晴晴」這兩個字的時候，心裡總免不了燃起一絲期待。

升三年級的時候，聽同學說一年級來了個貌美如花的新生，叫李晴晴。

雖然不同姓，年紀也對不大上，新生入學那天，他還是特別留意了那個叫晴晴的女孩子。

果然不是他認識的晴晴。

心裡有一絲絲失落。

畢業後，也許是打工的經歷太豐富，彰顯他刻苦耐勞的精神，周邑很幸運在三個月內找到人生中第一份正職工作。這份工作是他正式踏入社會的第一步，他想努力做好，更想爭取加薪。房租、吃飯、交通、步入社會的治裝費，他依舊有經濟上的壓力。

入境隨俗的情況下，他應酬、喝酒，主管讓他喝他就喝，有時候喝掛了讓人扛回公司丟著，一覺到天亮，在辦公室廁所梳洗完又是一天的開始。

讓他去哪出差他都去，飛行十八個小時，時差八小時，司空見慣。有一回到泰國出差，他一下飛機就發燒，但跟廠商約好的時間不能耽誤，吞了退燒藥硬撐著身體去參訪，一回到飯店又吐又拉，癱在床上，旅館的床他睡不安穩，疲憊到了極點。

反正他還年輕，還可以拚，即使是鳥不生蛋、語言不通的地方，從一個新進的菜鳥到一個廠區的製辦皆由他包辦。

他在短時間內像一塊海綿，極力吸取所有的知識和經驗，那投入的精神、刻苦耐勞的拚勁令人刮目相看。

辦公室裡的女同事喜歡幫男男女女配對，曾經周邑也被她們自作主張跟誰湊在一起過，他只當她們是壓力太大，隨口說說開開玩笑而已。

沒想到後來那位女同事當真了，竟然認真地想找他下班後約會、見面。

他想過，都過了這麼久，是不是應該敞開心胸，讓別的人進來？

他試著跟那位女同事約會，但在當時的他心裡眼裡，工作才是排在第一位。他幾乎每天都加班到凌晨一兩點，有時候取消甚至忘記約會的時間，幾次之後，喜歡他的女同事忿忿對他說：「我覺得工作就是你的女朋友！」

之後她再也不曾約他。

半年後，她跟相親對象訂婚了，周邑和其他人一起收到她的喜餅。

那之後周邑更把心完全投入在工作上，他捫心自問，現階段他最想達到的目標是什麼？是賺錢？還是怕寂寞去找一個人來愛？

沒想太久，從高中畢業之後他就明白，沒有家世背景，就必須靠自己努力、打拚出經濟基礎，工作才是他目前應該要勤奮耕耘的。

在他的認知裡，目前還不是談感情的時候。

高中那段失敗的愛情，更告訴他，如果兩個相愛的人之間，精神、物質都貧乏，愛情終究有消磨完的一天。

他想努力成為更好的自己，那個時候才足以再去追求愛情。

他不敢去想找不找得到趙晴晴的事，他對著那條多年來一直綁在手上的繩結許了個願。

如果他的努力神靈都有看見，是不是給他一個再遇見她的機會？在最完美的時間點？

後記

這個故事的雛形在我心中醞釀了兩年，一直在想要怎麼給它一個最好的開始，沒想到一寫下去之後就一發不可收拾，想法源源不絕湧出來，很慶幸最終以我想要的樣子寫出來了。

老實說這本書我是邊哭邊完成的，甚至連後來修稿的時候都很害怕重看，因為一個不小心可能又要哭。並不是說內容有多虐心或者悲慘，而是一些和我們生活息息相關的事就在這裡發生了。所以每當有讀者留言說哭到用掉多少衛生紙或者哭了多久，我都能理解，因為我也是這樣。

在這個故事裡，年少的愛情因為不夠成熟而分開了，長大之後偶爾想起來心裡難免還有遺憾甚至覺得虧欠對方，但是已經沒有道歉或彌補的機會。現實中的我們也可能是這樣的，找不到再見面的理由或者不知道對方現在去了哪裡，也許有幸哪天在路上擦身而過，也沒有勇氣開口打招呼……這裡除了愛情還講了很多東西，關於親情、升學，還有人生中的一些大小事。

我是一個不太喜歡寫後記的人，可能是因為所有的腦力都花在寫故事上了吧！等到要寫後記的時候就詞窮了，不過我還是有無論如何一定要說的話，這本書能夠出版要感謝很多人，包括協助過我的所有編輯，還有支持我的讀者們。原本寫作應該多是在反覆自我對話和思考的吧，但因為網路連載的關係，能夠和大家互動並且討論故事，在覺得很艱難的時候也得到了很多的鼓勵，不知不覺就一路走到這裡，到現在我還是覺得這故事能出版像作夢一樣，想再次向大家說聲感謝。

最後，希望大家的未來都能明媚美麗，我們一起成為自己喜歡的自己哦！

丁凌凜

國家圖書館出版品預行編目資料

遇見最好的妳 / 丁淩凜作 . -- 初版 . -- 臺北市：
POPO 出版：家庭傳媒城邦分公司發行，民 107.11,
面； 公分 . -- (PO 小說 ; 30)
ISBN 978-986-96882-1-5(平裝)

857.7 107018157

PO 小說 30
遇見最好的妳

作　　者／丁淩凜
企畫選書／簡尤莉、林修貝
責任編輯／林修貝、吳思佳
總 編 輯／劉皇佑
行銷業務／林政杰
版　　權／李婷雯

總 經 理／伍文翠
發 行 人／何飛鵬
法律顧問／元禾法律事務所　王子文律師
出　　版／城邦原創 POPO 出版　城邦原創股份有限公司
台北市中山區民生東路二段 141 號 6 樓
電話：(02) 2509-5506　傳真：(02) 2500-1933
POPO 原創市集網址：www.popo.tw　POPO 出版網址：publish.popo.tw
電子郵件信箱：pod_service@popo.tw
發　　行／英屬蓋曼群島商家庭傳媒股份有限公司城邦分公司
聯絡地址：台北市中山區民生東路二段 141 號 11 樓
書虫客服服務專線：(02) 25007718．(02) 25007719
24 小時傳眞服務：(02) 25001990．(02) 25001991
服務時間：週一至週五 09:30-12:00．13:30-17:00
郵撥帳號：19863813　戶名：書虫股份有限公司
讀者服務信箱 email：service@readingclub.com.tw
城邦讀書花園網址：www.cite.com.tw
香港發行所／城邦（香港）出版集團有限公司
地址：香港灣仔駱克道 193 號東超商業中心 1 樓
email：hkcite@biznetvigator.com
電話：(852) 25086231　傳眞：(852) 25789337
馬新發行所／城邦（馬新）出版集團 Cité(M)Sdn. Bhd.
41, Jalan Radin Anum, Bandar Baru Sri Petaling,
57000 Kuala Lumpur, Malaysia.
電話：(603) 90578822　傳眞：(603) 90576622
email：cite@cite.com.my

封面設計／苡泪嫄
印　　刷／漾格科技股份有限公司
經 銷 商／聯合發行股份有限公司
電話：(02) 2917-8022　傳眞：(02) 2911-0053

□2018 年 (民 107) 11 月初版
□2020 年 (民 109) 1 月初版 2.5 刷
Printed in Taiwan.

定價／ 260 元
 ISBN 978-986-96882-1-5